自然感悟
Nature series

花与鸭嘴兽

天　冬　林雨飞　✿　著

商务印书馆
The Commercial Press

推 荐 序

听了很多道理，依然过不好这一生，大部分人都是这样。因为世上所谓的道理，绝大多数只能算常识，有一些甚至是毒鸡汤。它们都不足以使人醍醐灌顶，改变一生。所以，如果年轻时能遇到一个高人，获得他的一句真正有价值的点拨，从而改变自己的一生，那真是非常幸运的事。

我就是这个幸运儿，而那位高人，就是天冬老师。

我刚在《博物》杂志工作时，和天冬老师在一个办公室。他当时已经是网上著名的植物学达人，还去我的高中给我们讲过生物多样性的素质课。所以对我这个编辑部的新人来说，天冬老师是唯一的熟人。我就在办公室问他：您觉得我这个工作以后应该怎么搞？按理说这个问题很难回答，甚至相当欠揍。但我记得很清楚，天冬老师在他的工位朝我转过身来，胳膊肘撑在膝盖上，探过头来和我郑重地说：你应该选择一些感兴趣的领域，持续不断地记录，尽可能多地搜集素材。几年之后，这个领域你就是专家。这样的话，不管你是出专栏也好，是写书也好，是做研究也好，都会有非常大的优势，能够出真正的好东西。

这句话对我来说价值千金。我后来不论是管理微博，还是出专栏、写书，用的都是这个思路。只要认定它是我想做的事，就长期坚持去做，把它做出花儿来，做出绝对优势。

天冬老师也亲身实践着这一点。他在高山植物、湿地植物、北京乡土植物、植物文化学上，都有长期的兴趣，每天都在一点一滴地积累。当年经常能看到他中午风风火火地冲进办公室，满头是汗，背着相机。不用问，那一定是他长期关注的某种植物开花了，而这朵花儿在上午刚刚被他收入相机的存储卡。

现在搞科普的都爱称自己是科普作家，即便一本书都没有，也愣这么介绍自己。在我看来，"科普作家"一词的重点是作家。如果你只会写科普文章，甚至出了科普书，但是文笔不行，你也只能算是个科普作者。天冬老师是真正称得上作家的。他的第一身份，其实都不能算是科普人或者植物学人，而是一名浪漫的文艺青年。以前我经常去他的博客，看他写的那些非常文艺的文章。还记得博客的名字叫"边三角四"。他的文章似乎总有点儿村上春树的风格，这个风格一直保留到现在。博客式微后，天冬老师就在微博隔三差五地发布一些跟博物学相关的小散文。你阅读时，会感到文中的事情非常奇幻有趣，甚至怀疑其真实性。一个人真的可以经历这么奇妙的人生吗？作为他的朋友和前同事，我知道这些事情都是真实发生的。天冬老师的本事就是可以发现每件事情中的闪光点、奇幻点，并把它们组合成一篇精彩的文章，同时又不失其知识性和严谨性。我认为，好的科普文章，应该让人看不出来是科普文章，而是令人沉醉的美文。天冬老师做到了这一点。

这本书是他做事风格的又一体现：选好一个角度，全身心投入进去，经年累月地累积素材，细腻地观察每一个细节，精雕细刻出一部完美的作品。

这样的作家，如今已不多。这本书就是他耗费大量营养开放出的一朵美花，当然值得我们用心观赏。

《中国国家地理》融媒体中心主任，《博物》杂志副主编

目 录

花与异乡人

　　女孩子爬上了黑魆魆的灶台。约摸十三四岁的年纪，身披一件粉红色防雨外套，头戴白色棒球帽，褐色的头发长度刚好超过肩膀，散乱地收拢在棒球帽之下，却像不安分的章鱼一般，向着四周伸出触手，近乎褪色的青灰色牛仔裤，紧绷绷地贴在双腿上，配以黑色长筒胶皮雨鞋。

　　女孩子站立在灶台上。说是灶台，实则是宽大的烟道底座。整个房屋位于阿尔卑斯山中，木质的屋顶超过三层楼高，房间正中是烧火处，经由铸铁横梁，悬吊以冷冰冰的凹面镜式铁锅——如同气象站的雷达天线般硕大而扁平的凹面镜——锅的正上方，为四方形的木质烟道。已然被烟熏为黑魆魆的模样，看不清木料本色，所见的唯有浓重的黑色渣灰。灶台紧靠着墙壁，以青色条石砌成。站立在灶台上，抬头即可通过烟道，望见狭小的一丁点天空。

　　房间是用来制作高山奶酪的场所。热腾腾的鲜奶咕咚咕咚倒进铁锅里头，架起柴火，待到铁锅烧热，以成年非洲象鼻那般长度的长柄铁勺搅动不已，直至牛奶变为黏糊糊的模样。工序大致如此，因着我并未能亲眼观看完整的制作过程，故而细节上的偏差在所难免，但大体上不至于出错。

女孩爬上灶台，稍稍扬起下巴，一副桀骜的模样。房间里头灯光昏暗，唯有烟道顶端狭小的窗口，投射下来蓝宝石般的光辉。丝丝缕缕的光，奋力延伸向黑暗的角落，然而它们终究混入了黑暗本身。光的末梢停留在女孩头顶不远处。我久久凝望此等场景，仿佛那里头含有某种启示录般的隐喻。

"那个呀，是农场主的孩子。"

农场主乃是整个高山牧场之主，祖上即在此地放牧，以传统手工艺制作高山奶酪为生。作为远道而来的异乡人，我们前来体验牧场生活。不不，是客人们前来体验牧场生活，我则作为活动组织者一员，陪同前往。听随行向导这么一说，我才得以知晓，何以在参观奶酪制作的中途，跑过来一位欧洲本土的女孩子。

"唔，看起来有十几岁？不用上学？"

"是不是呢？"向导也不得而知，于是找了个空当，向农场主询问——以法语交谈——继而对我转述，"说是不用去学校呀！在牧场干活，学习牧场的各类工作，将来继承牧场。课本倒是有，在家自学即可，也用不着考试。"

"继承牧场？"

"那是，继承牧场！说是祖祖辈辈都是如此继承下来的。放牧的诀窍也好，高山奶酪的制作工艺也好，如今成了一笔宝贵的财富，需要被人继承下来。倒有点类似，唔，叫什么来着？"

"非物质文化遗产？"

"对对，就是那个，什么物质的遗产。这么着，只要认得字，会算数，懂得基本礼仪，其余的时光，围着牧场转来转去即可。"

我花了好长时间，认真思索了一番。倘使一辈子就在山里头放牧，怕也不坏。何况农场主在夏日作为徒步向导，在冬季则作为滑雪教练，可谓身兼数职。在镇子里也拥有气派的独栋别墅，喜好骑马、开拖拉机和越野性能优异的吉普车。相当不坏。

看罢高山奶酪制作地，我们乘坐拖拉机（自然由农场主驾驶）跑到不远处的山坡上，按照农场主的吩咐，开始劳作。说是劳作，无非是亲身体验牧场劳作之中极其微小的一部分罢了。农场主不无自豪地说："我们这里嘛，生活在大城市中的企业员工啦，学生啦，世界各地的外国人啦，都会专程前来，劳作可是一视同仁的哟！在什么季节，适合何种劳作，就要参加何种劳作。挑剔不得。不是那种假惺惺的玩意儿，是真刀真枪的劳作！"

依照季节，轮到我们头上的"真刀真枪的劳作"，乃是割酸模。酸模生于草场之上，味道酸溜溜的，牛并不如何喜爱，更不消说其中含有太多草酸，难免导致消化系统疾病。"牛嘛，挑剔得很，酸模一口也不吃。仿佛知道吃多了会生病。"总之牧人们无不想要除之而后快。对酸模而言固然抱歉，但反正在阿尔卑斯的牧场里，并无酸模的立足之地。

割酸模的季节也甚是讲究。要赶在酸模的果实成熟之前，将其自根部切断，叶子啦，枝条啦，未成熟的果实啦，这个那个，统统一刀切断，丢进麻布编织的大口袋里头去。倘使再拖沓一个星期，果实成熟，掉落在草场之中，可就难免惹出麻烦。酸模扎根的草地，其他牧草被挤到一旁，唯独酸模胖嘟嘟地苗壮成长，偏偏在开花之前，又难以将它自草丛之中挑拣出来。适宜除掉酸模的季节，仅有自开花至果实未熟之间的几个星期而已。

这么着，来自中国的客人们，由成年人带领着自家的小孩子组成小队，手持割草所用的短柄刀，以及空荡荡的麻袋，俯下身去，在山坡上四下寻找可怜的酸模，吭哧一下子连根割断，塞进麻

　　　　　　　　　　　　花 与 鸭 嘴 兽

袋里头。说枯燥也委实枯燥，然而毕竟是与众不同的体验，因而客人们干得相当起劲。四周皆是阿尔卑斯的暗绿色山林，条形的浅灰色云块在山间游荡，如同悠然自得的瓶鼻海豚。除却偶尔传来的风声，四下唯有踩在草丛里的咔嚓声，远处的牛铃声，以及来自对面山间的不知名的鸟鸣。空气甜滋滋的，手机概无信号，其他人影一个也看不到，山坡下的村庄如同小人国的陈设。说惬意也未尝不可。

我在山坡上四下奔走，为割酸模的客人拍照。每个小队都关照一番之后，我喘口气，自背包里掏出水壶，咕嘟咕嘟喝了好几口冷滋滋的山泉水，继而抬起头，再度看到了农场主家的孩子。

此人在山坡的彼端，与我们相距约摸五六百米。此端草场上的酸模，由我们数人齐心协力割除，而彼端的酸模，则由农场主家的孩子负责。倒也并非独自一人，我看到两个少年并肩站在山坡上，旁边扔着好几只鼓囊囊的麻袋。见我望过去，他们两人一起向我做起鬼脸。另一个孩子稍矮半头，身着深棕色外套，头戴约略不合时宜的淡色贝雷帽，黑褐色短发，圆脸，年纪超过十岁，但应当未满十二岁的模样。农场主的孩子此刻已脱去粉红色防水外套，换作卡其色半袖外衣，颈上戴有黄色方巾——将方巾折成两侧压扁的三角形，一角刚好挂在胸口——造型一如美国西部牛仔。

"那个，可是农场主的女儿不成？"我指着彼端的孩子们问道，"怎么来了两个？"

"哪有女儿！"向导摇头道，"矮个子的，说是农场主朋友家的孩子。高个子的之前见过，农场主的儿子。"

"儿子？！"我惊呼，"那个不是女孩来着？"

"儿子呀！倒是留着长头发，长得也秀气，但那可是实实在在的美少年哟！"

此时此刻，美少年正向我摊开双手，指着扔在地上的麻袋。喂喂，你们这些外行人，到底行不行呀？无非是酸模而已，也太慢吞吞了吧？瞧瞧我们俩，这不是把整片山坡的酸模都割完了吗？比你们可强多了哟！自美少年的动作和眼神里头，我大致读得出其中的含义。我向他们挥了挥手，竖起拇指，旋即想到，在阿尔卑斯山里头，竖起拇指不至于有什么莫名其妙的含义吧？然而有也罢，没有也罢，反正已经竖起来了。

客人一行人拖着装满酸模的麻袋，返回拖拉机停放处。美少年已抢先一步，跑去山坡脚下喂矮马。拖拉机驶过矮马的马厩，美少年则悠闲地坐在房子前面的木栅栏上头，摇摆着双腿，以颇为自信的眼神看向我们。这让我难免想起，自己十三四岁的时候在干什么来着？记得在期末考试前一天，和同学一起坐了两个小时公交车，跑到山里头，见了栎树的果实、山丹花、晒太阳的蜥蜴和指甲盖大小的水晶矿石。彼时我压根儿想象不出阿尔卑斯的模样，没有抚摸过牛或矮马，更未掌握割酸模的诀窍。我们的共通之处，唯有降生于世恰好度过了十三四年的时光而已。

美少年想必不曾因班主任老师的冷嘲热讽而哭着跑出去，将教室的大门摔得呼哪作响。或许连何为班主任老师也全然理解不来，不晓得竟有那种劳什子的存在。令其头疼之事，无非上一周母牛难产忙活到半夜啦，野猪跑出来撞坏了家猪的食槽啦，收到隔壁村子里不知何人奉上的情书啦，熬制奶酪的火候无论如何也赶不上父亲啦，凡此种种罢了。归根结底，我们原本就处于世界的两端，此刻将我们关联在一处的，仅有不开心的酸模而已。

"下雨了呀！"向导说，"客人们都去赶牛了，会淋雨的吧？"

"赶牛？"就在我思索十三四岁的种种样样时，美少年已然跑去赶牛，客人们也兴致勃勃地一同前往。牛在不远处吃草，时值黄昏，要将它们一股脑地赶回牛舍。美少年带着蔚为威风的牧羊犬一同前往。我和向导追上前去，只见美少年在前头引路，奶牛们一头接着一头，排成整齐过头的队伍，沿着小路走向牛舍而来。牧羊犬在队伍的最后头，遇有恋恋不舍低头啃食牧草的牛，牧羊犬便低声吠叫起来，牛听得犬吠，立即乖乖回到队伍之中。

美少年和牧羊犬将赶牛的活计大包大揽下来。纵然下起雨，这支队伍也毫不含糊。客人们只剩下一边观看一边感叹的份儿。我也赞叹不已，毕竟是牧场的继承人呀！

当日的活动结束时，我们即将乘车返回，美少年跑到牛舍后头，并未露面。"农场主说，他的儿子呀，最见不得离别的样子。"向导为我们翻译道，"说是那孩子很害羞的。每次有人前来，他都非常开心，却又不好意思和客人们一起做事。客人们离开时，他就躲到一旁去，害怕自己当众哭起来。"

思前想后，我和美少年彼此只说过一句话——因着我全然不懂得法语，而他只会一点点英语，故而我也好，他也好，都感觉难以开口——拖着酸模麻袋下山之时，美少年走在前头，和他的朋友将好几只麻袋搬上拖拉机。我指着麻袋，问他道："这些酸模，要拿到哪儿去呢？"一边说着，我一边指手画脚，心里头并不清楚对方能否听得明白。

花 与 鸭 嘴 兽

美少年露出些许困惑的神情，伸手拉了拉棒球帽的帽檐，思索片刻，对我说："丢掉。"

果然这一整天里头，最不开心的无疑是塞在麻袋里头、即将被当作垃圾丢掉的酸模。

被牧人们厌恶的酸模，实则只是一个统称，若以具体物种而论，包括高山酸模、钝叶酸模、阿尔卑斯酸模等。它们原本统统生在阿尔卑斯山间的乱草丛里，连同那些可口的牧草一起，挤在山坡上头。何以苜蓿啦，车轴草啦，菊苣啦，因着对了牛的胃口而为人喜爱，偏偏酸模被挑来拣去，最终成了坏家伙呢？个中原委，酸模们想不明白。

我在草坡上寻觅许久，总算找到一棵似模似样的酸模，于是匆忙为它拍下照片。一不留神之间，酸模已经被割得差不多了。喂喂，这个或许是阿尔卑斯才能见到的特有种类呢！纵使我这么说，短柄刀也不以为意，冷冰冰的利刃照样毫不含糊地切割下去。

"这个不是杂草吗？给它拍照，可有专门的用处？"向导问我。

"有没有呢？"我沉吟了一下子，"可以给牛犊看看，喏，这个东西不能吃哟，会吃坏肚子的。这样能行？"向导认真地听我说完，脸上露出"开玩笑的吧"那样的表情。自然是开玩笑的。

正在开花的高山酸模

钝叶酸模的果子，
这个样子掉进草丛里的话，
可是要让农场主头疼了

作为牧场有害杂草被割下的酸模，
装在车里头，将要被拉走处理掉

植物小贴士

酸模
Rumex spp.

这世上有许多种酸模，在阿尔卑斯山的牧场上，无论哪一种都不招人喜欢：宽大的叶子富含草酸，牲畜并不中意那个味道。

"台湾高山的野花，也是相当有意思的呀！"有不少特有的种类，确然值得专程前往。这么着，我和老信跑去了合欢山。

时间是七年之前了。住在海拔超过三千米的工作站里头——周遭概无其他建筑，村子没有，缆车站没有，夜市啦便利店啦自动贩卖机啦也统统不见踪影。在距离山顶不远处勉强开辟出的空场上，唯有工作站的几座小房子。彼时我对台湾的野生植物相当痴迷，如同追逐着费洛蒙的蛛丝马迹、不眠不休飞行十几个小时的傻乎乎的雄性蛾子。毕竟约摸三分之一的野生植物是特有物种，海滨去了，云雾林去了，高山也自然不肯错过。

预留了三天时间，原以为可以一边懒散地晒着太阳，一边慢悠悠地看花，然而最终却未能如愿。我和老信抵达工作站当天傍晚，台风来了。

因着生活在北方，我是从未见识过台风的。中学时遇见一次台风进入渤海湾，说是即将登陆，着实满怀期待，想要好好体味一番来着，然而不知何故，那台风忽而消失不见，连一丁点雨都未落下。"你们来的日子不好呀，"工作站的站长——是位不苟言笑的中年男子，相当了得的植物学者，彼时恰任站长之职，总是一副深思熟虑般的脸孔，纵然讲笑话时，深沉的表情也丝毫不为所动——对我们说道，"台风一来，这几天只能待在屋子里头喽。"

我自然无法预料盛夏台风到来的日期。购买机票啦，预定行程啦，这个那个，从未想过还有台风这玩意儿。或可谓之预料之外。反正吃罢晚饭，外面就刮起风来，起初雨并不大，夹杂在风里头，如同顽皮的海豚翻跃出水时扬起的凉飕飕的水花。

"这个可是台风？"我指着窗外问道。

"哪里，还早哪！"在工作站内负责烹饪、扫除等事务的中年女子——被其他人以大姐相称——回答，"这才刚刚开始。唔，或许连开始都算不得。"

工作站里头除却我和老信，另有六人。包括站长在内，科研人员共有三位：一位擅长拍照，和我聊得甚是投机；另一位大多时候钻进图书室去，一门心思只是不停读书。此外便是负责一应生活事务的厨师大姐，以及两位在此进行野外调查的大学生，男女各一人。他们六人无不淡然处之，将台风看作日常之物，一如飞机留在天空的狭长的质感与云类似的痕迹，或者清晨时分早起聒噪的鸟儿。

夜里头风开始猛烈起来，我惊醒了好几次，感觉房间的门窗都在抖动。仿佛电影里头鬼魅或者僵尸来袭时，试图闯进房间里来的动静。咔嗒嗒，咔嗒嗒，抖动不止。工作站位于合欢山东侧，恰好面对台风来袭的方向。清晨起来一看，天空是一片乱糟糟的灰色，分不出具体的形状或特质，然而任谁都能感受得出，我们正身处于混乱不堪的情形之中。工作站的卫星天线被风折断，几个房间进了水，幸而此外并无损伤。对了，还停电。

"不好办呀，"站长招呼所有人员聚集在餐厅里头，"停电嘛，倒是有柴油发电机，也自然会有人修理，但洗澡水怕是不够用啦。"既无法使用电脑或电视，也无法外出，唯有闷在房间之中而已。故而我们干脆坐在餐厅里头，闲聊起来。

起初聊些生涩的学术类话题：最新科研进展啦，哪位专家去哪里访问啦，知名研究机构的人事变迁啦。仅过了十几分钟，话题即变得五花八门起来。"喂喂，你可喜欢精灵宝可梦？"大学生之一的女孩子问我道，"头像是可达鸭嘛！""那是什么？"站长也加入讨论，"玛丽兄弟？嗝，我也不是硬邦邦的老顽固啊，我还知道玛丽兄弟呢！"老信为大家唱了京剧，而喜爱摄影的老师讲了或可谓之当地特色的关乎政治家与甜点的笑话。

这大约就是出乎预料。无人知晓台风到来的时间，亦无法推测出将与何人被困于山间的房子里头。看不成野花固然遗憾，但自有其微妙的美好之处。厨师大姐特意为我们做了四神汤和虱目鱼内脏——"是珍藏的虱目鱼哟，这个！"——站长则拿出一瓶金门高粱酒来。"喂喂，我这也是珍藏的，里头有金箔，能看见？"至于金箔是否可以食用，我们讨论了好一阵子，慎重起见，我是一丁点金箔也没有吃下肚去。我和老信把来访时自山下点心铺里带上来的点心也拿出来凑数。四神汤和虱目鱼，可是相当够味儿。

倘使并无台风，将会是何等情形呢？我和老信理应每天都在外头看花拍照，不至于与其他人进行太多交谈。纵然彼此礼貌客套，却也仅仅止于点头之交罢了。因着一起躲避台风，后来我与站长间或交往，每年彼此邮寄图书和资料；与厨师大姐也有联络，还从大陆给她送过礼物来着；彼时读大学的女生已然从研究所毕业，去了站长所在的课题组工作，她在北京交流研讨时，我们还见过一面。唯独那名男生在此后全无音信——当时倒是也少言寡语。"他们两个是恋人吧？"老信对我说，"换作我嘛，也不想在此后和这些奇怪的家伙有什么联络呀！"

于我而言，台风无非打乱了观看野花的计划，对于那位男生，或许才是大大出乎预料。"刮什么台风呀！想要一边写论文一边约会，这下子全泡汤了！更何况还有莫名其妙的人混进来！"说来，我和那个女孩子聊了动漫、古旧电子游戏、对联和武术，男生怕是相当在意。

要问我是否喜欢这样的出乎预料，大体而言，倘若能够由我决定的话，还是不来为妙。我是不喜欢突然被打乱计划与节奏。相当喜欢不来。应当何时去哪里，总要大致规划一番，若是早已做好准备，"唔，接下来的情形怕是难以预料呀"，也不至于手忙脚乱。唯独超乎预期，脑子里头便会轰隆隆一下子，如同台风过后混乱不堪的山间空场。

"心理素质不行嘛，你呀！"也被人这么说过来着。然而星球在轨道上运行，花栗鼠在秋季储藏食物，番红花、堇菜和獐耳细辛在春日开放，种种样样，不是全都按照大致规划妥当的方式运转不已吗？超出预期，便不得不强行打起精神应对，一来二去，或多或少有些应付不来。

在野外我曾遇见野生的覆盆子，亦可谓之树莓，甜滋滋的，相比于水果市场中的商品而言，自有一股独特的浓郁味道。"不错呀，带回去栽种可好？"这么一想，就真个带回了一些种子——以植物学而论，应当为小瘦果，姑且以"种子"称之——然而如何栽种，却到底成了难题。相关论文写着，树莓之栽种，需要将种子浸泡在浓硫酸里头，否则无法顺顺当当发芽。何以必须是浓硫酸不可呢？莫不是种子在心里头就是这样期待："没有浓硫酸可不行，那是说什么都不给你发芽的，哼哼！"

最终我也没找到浓硫酸，毕竟并非身在研究所，实验室啦化学试剂啦仪器工具啦无法手到擒来。种子原本应当被鸟类或者小兽吃掉，吞进肚子里头，经历了胃和肠道中的奔波，最终随着热乎乎臭烘烘的粪便排出。如此折腾一番，种子心想，折腾得够久啦，不然还是发芽吧，归根结底，还是要安安稳稳地活下去嘛。一如年轻人，总有那么几年，经历过叛逆与青春期，冒险一般的旅行也去过了，深情过头的恋爱也谈过了，险些陷入绝境的危难也熬过来了，继而步入稳定期，变为成年人的模样。

若是对年轻人说，喂喂，快去工作啦，快去成家啦，再这么一副不三不四的样子，可别怪我用浓硫酸给你洗澡哟！这么一想，覆盆子种子心里头也不好受的吧？浓硫酸不行，赤霉素也不行，温吞水也喜欢不来。幸而我们听不到种子的抱怨，只消发芽，概无抱怨。人类就是这么回事。

总之覆盆子并未栽种成功，遗憾固然遗憾，也是无可奈何之事。倒是在昨天，我问老信，哎，下个月可有空？久违地一起出去看花可好？得以一同外出的彼此合得来的朋友，于我而言可谓难得了。不知道倘使真个成行，会不会再度遇见出乎预料之事。还是不遇见为妙。

———————

覆盆子那东西，从最最开始就打定了主意：要把自己装扮成甜滋滋水灵灵的模样，一定要被飞鸟啊小兽啊吞进肚子里头去！果肉悉听尊便，任君大吃特吃，唯有种子不能浪费，在肠胃里走一遭，可不能被轻易泡烂磨碎，要安然无恙地与粪便一起排出才是。

"你喜欢覆盆子？送你几株嘛！用种子栽，要等到何年何月才能吃上新鲜的果子？"于是我收到一个狭长的大包裹，拆开来看，是几株光秃秃的枝条。覆盆子的枝条。彼时正值夏末，算不得适宜栽种的好季节。我好歹将枝条种了下去，眼看着新叶一点点冒出了头，总算安心下来。

　　岂料冬季冷得要命。相比往常的冬季，那一年的隆冬可谓彻头彻尾的严寒。翌年春日，覆盆子到底未能苏醒过来，枝条渐渐干枯，最终只得丢掉了事。种子也罢，植株也罢，浓硫酸抑或不寻常的寒冬，都是无可奈何的出乎预料。此后我再没试图栽种过覆盆子。

野生的覆盆子

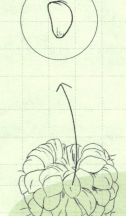

整个果实称作聚合果，
每个小突起之内，
看起来像种子的东西，
才是真正的"一枚果实"

在合欢山上体验台风来袭

植物小贴士

覆盆子
Rubus idaeus

覆盆子生于欧亚大陆，我国东北地区也有野生。如今水果市场上的树莓，是覆盆子与它的近亲杂交而来。

若问阿尔卑斯山腹地何处最为热闹，我想，采尔马特镇注定榜上有名。毕竟是旅游热门地点，加之在镇子上即可望见马特洪峰——位于瑞士与意大利两国边境的山峰，以其三角状造型而知名，瑞士三角形巧克力即以这座山峰为灵感设计而来——旅客无不聚集于此。小镇的商业毫不含糊，大凡日用品总能买得到，超市也足够大，甚至还看见过一家似模似样的中餐馆。热闹是足够热闹，喧嚣也确然喧嚣。

"这是什么？好丑哎！"

"乱讲！超可爱有没有？我要买这个啦！"

在穿过采尔马特镇的主街时，因听见了喧嚣声，或可谓之热闹声，我到底停下来看了一眼。是一对青年男女。女子身穿白色丝质外衣，配以短到如同熊猫尾巴一般的短裤，戴着黑魆魆硬邦邦的硕大太阳镜，手里紧抱着一团毛乎乎的棕色物体。此物约摸与女子身高近似，体表的长毛向四下膨胀着凌乱开来，正被女子以不无夸张的表情满怀爱意地抚摸梳理。

"这不是那个……老鼠啦！"发型一丝不苟的青年男子无奈地说道，"你要买回这样大只的老鼠？"

"才不是老鼠！超可爱的！"

在这世上，不喜欢老鼠的人大有人在，不仅老鼠，大凡与老鼠相似的动物，统统喜欢不来。我曾识得一位热爱动物人士，青虫也罢，蟾蜍也罢，都要拿在手里头爱抚一番，唯独害怕鼠类。仓鼠不行，豚鼠也不行，连松鼠与水豚都敬而远之。

至于女子怀抱之物，确然与老鼠同类，但并非老鼠，而是旱獭。有四肢，脑袋也有，还有眼睛和嘴，两颗白晃晃的大门牙自嘴里露出来，唯独褐色长毛纷繁芜杂。在她身后，是一家贩售旱獭油的店铺，并以高耸而饱经沧桑的旱獭毛绒玩具作为吉祥物，矗立在店铺门口。玻璃橱窗里则摆放着旱獭油，以及印有旱獭图案的器具和明信片。

旱獭看上去着实可爱，胖墩墩圆滚滚，天生就是惹人爱怜的模样。但那仅限于活生生的旱獭。至于旱獭油，非只采尔马特镇，瑞士的大城市里头，我见过好几家相似的店铺。说是旱獭油自有妙用，烫伤后可涂抹在伤处，也可以作为护肤品使用。连我自己也有一小盒旱獭油来着。那是在阿尔卑斯山间的小村子里，一位神采奕奕的老妇人赠送给我的礼物——连续两年，我都跑去村前的山坡，登山，看野花，恰好都是她作为向导。"你可真是喜欢这里呢！我也喜欢，毕竟是我的家乡呀！"这么着，她送了我一小盒旱獭油，作为其家乡受人热爱的回报。

"旱獭嘛，多得不得了！"老妇人说道，"每年我们都会狩猎，抓住一些。不抓不行，这东西一旦多起来，就把草啃得干干净净。最好秋天抓，它们钻进洞里头，倒头就睡，叫都叫不醒，抓起来容易得很。那个时候抓出来，恰好脂肪充裕。"

旱獭的皮毛可制作披肩，厚墩墩的脂肪则成了旱獭油。"旱獭油之所以贵重，"老妇人将作为礼物的旱獭油放到我手里，总结般地说道，"乃是因为不能把所有的旱獭都抓住。多了不行，少了也不行，唯有我们生活在此的人，知晓应当抓住几只。制作旱獭油的法子，也是祖祖辈辈相传下来的。能明白？无需工业，统统手工操作。"

"明白的。贵重得不得了，十分感谢！"我郑重其事地点头应道。

"哪里的话！你带着朋友，从那么远的国度来这里，你可真是喜欢这里呀！别人喜爱我的家乡，我开心得不得了！喏，这是我的名片，想要买旱獭油记得找我。"

说来惭愧，此后旱獭油几乎没能派上用场。我也并无再度购买的心思。老妇人一如既往，在夏季继续作为登山向导，冬季则制作旱獭油，顺便饲养家里的五头奶牛，闲暇时边烤添加了肉桂粉的苹果派，边逗二十一岁高龄的老猫。可谓其乐融融，不开心的唯有钻进洞里准备冬眠的旱獭。

我国自然也有旱獭，但不同于阿尔卑斯山的种类。此处为阿尔卑斯旱獭，我国则拥有喜马拉雅旱獭与蒙古旱獭。阿尔卑斯也好，喜马拉雅也罢，总之都是胖乎乎的模样，平日里不知何时即会直立起来，左顾右盼。秋季旱獭忙于收拾地洞，从四处找来干草，铺在洞里，制成软绵绵暖烘烘的床铺，继而带着一身充裕的脂肪，躺在上头只管睡觉便是。

同样作为脂肪充裕者——此处万万不可称作胖子，肥胖者也不成，不能使用带有主观色彩的字眼儿——我是十分理解旱獭对于睡眠的渴求。毕竟冬季冷得不行，脂肪充裕固然充裕，怕冷却也更加怕冷，一天到晚只想钻进被子里头。那些脂肪不甚充裕者或许无从理解。"喂喂，你那么胖，怎么还怕冷呢？穿那么多衣服，活脱脱一个肉球！"道理是说不出，反正更怕冷就是，还要因此而被人挖苦，真是委屈得要死。

因而我或多或少为旱獭而感到悲哀。好端端地躺倒在床上，不

花 与 鸭 嘴 兽

明不白丢了性命。若非拥有充裕的脂肪，怕是也不至于被人抓去的吧？然而没了脂肪的旱獭，何以度过冷酷的寒冬呢？总之冬天是个难熬的季节。

我是没能对旱獭采访一番。"喂喂，能说说怎样过冬吗？想必够辛苦的。"无需采访也想象得出。毕竟我也切实为过冬之事苦恼来着，外套，皮帽，围巾，手套，靴子，少了哪一样都深感焦虑。对了，还要照看好过冬的花草。

在西藏林芝的试验田里，为了耕作而翻地，有不少土豆模样的块茎被翻了出来。一问才知道，此乃黄苞南星的块茎，既然翻出来，不久便会被清理一空。"可惜呀，让我捡走几个可好？"这么一问，试验田管理者自然满口答应，只是慎重叮嘱了一番，此物并非土豆，切记不可食用，谨防中毒。"不吃，带回去种。喏，在英国有人专门把这个当成观赏花卉呢。"

"英国呀，英国。"试验田管理者感叹道。

当年春季种下去，生长得颇为顺利，叶子长出来，花也开了，还多少结了果子。然而秋末应当如何处理，我却犹豫不决起来。是应当从土里头挖出来存放呢，还是埋在土下呢？思来想去，我决定就按照它在西藏原本的样子好了。西藏林芝的冬季，自然比北京更冷，在那里若是埋在土里过冬，在北京应当也能平安的吧。然而第二年春天，我把块茎挖出来一看，只剩下了一团黏糊糊湿漉漉的残骸。

"莫不是化水了？"被人这么一说，我只得唉声叹气。化水可谓寻常之事，在北方过冬时稍不在意，植物的块茎啦，鳞茎啦，各种球根啦，都有可能遭此大难。从前在深秋时，我将郁金香、葡萄风信子、韭莲、花葱之类的鳞茎，小心翼翼地埋在土里头，再把花盆存放在避风处。岂料春季下了雪，积雪融化，将土壤浸湿，而后夜间降温，这么折腾了一番，球根鳞茎之类便冻得硬邦邦的，成了冻土块儿。

阳春时节，冻土块儿便开始软化腐烂。只能眼睁睁看着而已，什么法子也使不出。心疼是够心疼的。

我自是不至于对着一盒子旱獭油，讲述种花时的经历，只是觉得应当有人知晓旱獭的哀伤。然而这还不算，翌年春季跑去韦尔比耶小镇——亦在瑞士境内，位于阿尔卑斯山间的一座旅游小镇——我听说了另一则关于旱獭之事。

韦尔比耶的登山向导——倒也是位老妇人，说来此间作为向导的老妇人委实不少，而且个个身强体壮——对我们说，前几天积雪刚刚消融时，有一只死掉的旱獭。"那个呀，一只眼睛空洞洞的。唔，就是眼睛不见了，只剩下一个黑色的洞。"向导边说边做着手势，"睡觉的时候太不小心，老鼠钻了进来，把它的眼睛啃掉了。"

"那可还能活着？"

"哪能呢！活不成。雪还没化，所以保持着死之前的样子。睡得倒是格外甜美，哪知道就落得这么个死法呢！皮也被啃坏了，又怕瘟疫，已经给处理掉了。"

入得冬来，我时时想起眼眶空洞洞的旱獭。毕竟这些日子里，有时我也困倦得昏天黑地。明明必须强打起精神，然而不成，坐在椅子上都能呼呼大睡，头向哪一边也不歪，就那么端正地撑在脖子上。冬季到底难熬啊！我低头看了看，自己身上的脂肪够充裕的，而家里还不至于有老鼠闯入，这才多少安心下来。

———————————

黄苞南星多少有些不大寻常，在林芝的试验田里固然如同杂草，但我国仅在西藏、云南、四川可见，想买也买不到。倘使在英国的花展上，作为园艺品种贩卖的黄苞南星，少说要卖个三五英镑。不不，或许更贵些。这么着，被当作杂物丢掉，我是于心不忍，故而捡了几枚块茎回来栽种。

然而真个一栽才知道，北京终究比西藏要温暖得多，夜里头不够冷，于是植株长得肆无忌惮，又瘦又高。花也开，同样文绉绉的模样，不够敦实。果子也见了，稀疏地结了一些。至于过冬，或许直接栽种在地上而非花盆里，也不至于化水了吧。

幸而还有两枚较小的块茎，在初夏时节，劫后余生般地生出了弱小的叶子。再逢冬季，我特地找来破棉絮，将花盆包裹一番，放在避风的角落里，还做了防雪遮挡。变成冻土块儿的植物块茎，丢了一只眼睛和自身性命的旱獭，无不令人同情。原本就应当更加精心照料才是，毕竟是危机四伏的冬天呀。

阿尔卑斯旱獭在秋日里收集
草料铺垫洞穴，准备冬眠

采尔马特镇上贩卖
旱獭制品的店铺

开花的黄苞南星

植物小贴士　　　**黄苞南星**

Arisaema flavum ssp. tibeticum

生于我国西南部，在一些地方的山林中可谓常见野花。花序的类型称为"佛焰花序"，黄色的筒子里头有个短棒，那才是真正的花（短棒由许多小花聚集而成）。

"我想知道呀，春节时贴的对联，为什么叫桃符呀？"

一位杂志编辑忽而给我发来信息。想必是因春节将近，在拼凑什么稿件吧。实则我与此人平日里素无来往，无非是通过彼此恰好都认识的什么人介绍，保存了对方的联络方式罢了。临近年关，原本就忙得不可开交，忙得像是分不清楚三角铁与火筷子的蜘蛛，原本想要礼貌地回答两句——哎呀，应付应付这家伙好了——岂料此人啰啰嗦嗦问个没完。

"过去真个用桃木不成？不至于吧，桃树去哪里找呢？用桃木刻字，何以能辟邪？什么妖怪会怕桃子呢？不明白呀！古代人的脑袋里头都是些什么乱七八糟的玩意儿！"

我亦不明白此人何以不去自己查阅资料。跑去博物馆里头对着古代人的头骨问，"喂喂，你那空荡荡的脑袋瓜子里头，都是些什么乱七八糟的玩意儿"，岂不比起和我说个没完更有效率？只怪我在一开始时，没能选择适宜的时机推辞，才落得和此人纠缠不清。说是咨询，当然并没有咨询费那种东西。毕竟是紧巴巴地数着经费过日子的寒酸杂志，一如守在垃圾桶旁边毛色不佳、瘸了后腿又学不会作揖或鞠躬的年老体衰性格恶劣的流浪犬。

"总之就是守护啦！用桃木守护！用意念守护！这个嘛，我还是明白的！"讲了约摸半个小时，此人仿佛公司年终会上的领导总结发言一般说道，"不过，这种守护不算数吧？喏，真跑来个狼啊什么的，守不住的吧？你说，可有植物真真正正能够守护的吗？"

总还是有的，我答道，蔷薇啦，酸枣啦，枸橘啦，大凡有刺的植物，总还是有的。

"你们家没有栽种吗？花园不需要守护？不成呀，防范意识总有的吧？每到年底，不是总说防火防盗嘛，脑袋里头没有那种意识可不成……"

我着实忍无可忍，直接关掉了手机电源。

确然能够用于守护的植物，我是相当认真地想过来着。将家门口的小院子彻底整理一番，选择栽种的植物种类时，我列出的名单里，荨麻原本榜上有名来着。"不坏，相当不坏！"看着名单，我满意地点头，"荨麻栽种在外墙，杂草一样散播就好。若是有人想要凑过来摘花，就毫不留情地扎过去。"我在心里头构建起那样的场景：

荨麻如同举起长矛的堂吉诃德，英勇地冲向阴森森地流着欲望的口水凑上前来的风车怪。

毕竟荨麻甚是厉害，大凡被它扎过一回，就必定忘不了那种滋味。起初是刺痛，仿佛极细又极锋利的针，轻易刺破皮肤。之后是伴随着灼烧感的疼和麻木，并非单一感受，而是混杂在一起的不愉快的体验。疼要持续好一阵子，有时候还会红肿。

单薄的衣服啦，裤子啦，都无法抵挡荨麻的针刺。在山里头若是一不小心，走过荨麻草丛，势必狼狈不堪。"就那么疼吗？这东西？"多年之前，在郊外的山谷之中，一同出游的李君问道，"我想试试呀，荨麻什么的。"继而他用手背碰了碰荨麻的叶子，"也不是很疼呀，唔，像是被马蜂蜇了一下子？"

此后一阵子，李君变得少言寡语起来，午饭也吃得心不在焉。离开餐桌时，只见他双手扶着桌边，忽地站起来，以战败国递交降书般沉重的语调说："我说，荨麻呀，真是挺疼的！服气了！"

总之荨麻就是这么一类植物。可惜我终究没能如愿栽种荨麻——大多数我国原产的野生荨麻，种子也罢，苗也罢，统统买不到，仅有异株荨麻的种子售卖，且贵得有些离谱。"是欧洲进口的哟！"

商家说道，"没办法嘛，在欧洲，这东西也是珍贵的园林植物。能明白？"

这当然是夸大其词。异株荨麻在欧洲可谓寻常杂草，简直比黑白相间的荷斯坦奶牛更为常见。荒芜的开阔山坡上，或是村边的木屋周遭，倘使无人打理，就能见到成片的异株荨麻。在阿尔卑斯山上的自然观察活动中，作为花草专家带队的海伦女士，就领着我们去摘荨麻来着。"嫩叶是可以做汤的，加入奶油和马铃薯，"海伦女士脚步轻快地边走边说，"就是阿尔卑斯山的民间美食。不过嘛，痛风和结石患者，还是不吃为妙。"

她带我们来到一片向阳的山坡。异株荨麻委实多得无穷无尽，如同下雨时泥泞的山路上冒出来的肥嘟嘟的灰色蛞蝓。"就是这样的叶子哟，"海伦女士摘下几片嫩叶——倒是并未见她被刺痛的样子，莫不是巧妙地避开了尖刺？——装在口袋里头，"请选鲜嫩的叶子采摘。"

继而尖叫声响彻山林，回音直抵远方的山谷。连大嗓门的雄性马鹿想必也自愧不如。好几人都被荨麻扎到了手指，毕竟不知深浅者大有人在。我是在心里头疑惑来着：海伦女士何以事先不作说明呢？毕竟是荨麻，又并非采蘑菇或摘苹果。

　　　　　　　　　　　　花与鸭嘴兽

"不要担心，受伤的话请到我这里来！"海伦女士这才后知后觉般说道，"荨麻有刺，扎到会有一点点疼哟！不过不用担心，我们就在荨麻周围寻找药草。用于止疼的药草。山里头的居民这么说的：令人受伤的动植物旁边，往往就能发现解药。"说罢，她弯腰摘下一片叶子——长圆形，具有略宽的叶柄，纵向生有几条明显的叶脉——揉搓之后敷在其中一人的伤口上。

"喏，不疼了吧？"

那人点了点头。

"哎，请问，这叶子可是车前草？"我忽而插话道。

海伦女士点头确认。当然车前草并非荨麻的死对头，也不是具有止痛之效的药草。大约是用其中的汁液，来稀释荨麻"注射"到皮肤里的"毒素"吧，我暗自揣度。说是"毒素"，其实应是蚁酸，被荨麻扎伤和被蚂蚁咬伤，疼痛感约略有些相似。

"你们不了解荨麻？"一边采摘嫩叶，海伦女士一边问道，"安徒生童话里的《野天鹅》可读过？王子被变成了天鹅，整整十一只！那里头，小公主就是采摘荨麻为哥哥们制作衣服来的。"这么一说，不少人纷纷应和。模糊的印象总还是有的。小时候我也读过这段故事，只是不晓得荨麻为何物。如今想来，小公主所经历的，怕是极其艰苦的试炼。"这辈子再也不想见到什么荨麻了！"我幻想着将哥哥们解救出来的小公主，嘟起嘴巴恶狠狠地发誓的模样。

反正当天傍晚，众人喝汤时无不卖力。将那以荨麻、奶油和马铃薯制作的汤，恶狠狠地喝下肚去，有一种向荨麻复仇的快感。

倒是在台湾岛上，我也曾吃过荨麻。

台湾岛中部的溪头森林游乐区，潮湿之地生有不少叶片宽大的荨麻，大陆采用的正式植物名为"咬人荨麻"，而本地则以"咬人猫"称之。总之扎人毫不含糊。一间糕点店想出了个法子：以"咬人猫"的叶片作为卖点，制作夹馅面包。将叶片贴在面包顶部，保持其形态而直接烤熟（一旦失却水分，荨麻的尖刺就毫无用处，只落得被人大嚼特嚼罢了）。夹馅面包本身，无论是甜滋滋的馅料，还是软蓬蓬的外皮，都可谓相当美妙，纵使没有"咬人猫"的叶片，也注定大受欢迎。

前往森林游乐区的游客们，难免深受"咬人猫"之苦。故而糕点店这一招可谓正中下怀。加之"咬人猫"面包每天只出炉两次，限量供应，故而每到出炉前的二三十分钟时，店铺门口就排起长队。

原本我对这种"必须和人争抢才能得到"之物多少心怀不满。无非是个面包嘛！排哪门子队呢！咬人猫也罢，人咬猫也罢，不吃又不至于世界末日！故而在那里居住了好几天，我都没有心思去排队购买。岂料即将离开的那天早上，妻说，喂喂，今天排队的人不多哟，买来尝尝可好？这么着，我们好歹买到了两个。面包圆滚滚的，"咬人猫"的叶子已变为深沉暗绿色，除却正面贴有叶片的图案，倒是有些其貌不扬。

"好吃呀！"咬下一口，妻感叹道，"真是好吃的面包！"

此后的几年里，每每再度造访溪头森林游乐区时，我都会买两只咬人猫面包——倒是不必排起长队了，谢天谢地——后来也曾推出咬人猫蛋挞。路边还竖起了画着"咬人猫"的牌子：一个牌子是荨麻的样子，另一个牌子则是个露出牙齿的猫的脑袋。总之"咬人猫"俨然成了此地特产。

"说不定，要感谢'咬人猫'呢！"糕点店店员感叹，"哎，大陆也有'咬人猫'吗？有没有呢？"被这么一问，我只得给出毫无趣味的回答：荨麻是有啦，然而咬人荨麻这个物种并不常见，是别的荨麻。不不，名字里头没有"咬人"，不是"咬人豹"或者"咬人狮"。网络上头一搜索"咬人猫"，出来的或许是以此为名字的跳舞女孩。倘使有朝一日，糕点店需要请人代言，应当与她联络才是。

荨麻竟然也可能拥有代言人，想来不禁觉得有些奇妙。

荨麻的针刺，正式名称叫作"刺毛"或"蜇毛"，因外壳含硅，刺毛相当锐利。然而此等锐利，需要依靠植物体内的水分作为支撑。只消将枝茎折断，过一阵子，荨麻体内的水分不足，刺毛就变得软塌塌的，什么也扎不透。

"咬人猫"在我国生于台湾和云南，此外日本亦有分布。倘使仔细观察，任谁都会对此物敬而远之：看上去张牙舞爪的模样，叶片也罢，花序也罢，无不向四面展开枝枝杈杈的触手，炫耀着蔚为张扬的尖刺。我总算知晓此物的厉害，故而总是小心在意。然而有一次，为着拍摄野生凤仙花，脚步一滑，我干脆利落地摔在了"咬人猫"草丛之中。手臂、侧脸和下巴都被扎伤，以至于不想开口说话。

其他种类的荨麻我也遇到过，被扎得叫苦不迭。各地民间也流传着治疗的偏方：在红肿处抹口水啦，冰敷啦，放在清水里浸泡啦，更有甚者是用尿液涂抹伤处。摔落进"咬人猫"草丛之后，我在脑袋里迅速将这些偏方思考个遍，最终却还是决定，忍受着荨麻扎伤的刺痛为好。在游乐区的角落里排出尿液，涂抹在侧脸和下巴上，这样的勾当好像无论如何也干不出呀。

台湾溪头森林游乐区的
咬人荨麻

用采摘的异株荨麻
嫩叶制成的荨麻汤

贴有咬人荨麻叶片的
"咬人猫"面包

植物小贴士

荨麻
Urtica spp.

荨麻有数十种之多，几乎所有种类
都生有刺毛，叶片倒是或宽或窄，
形态各异，花则并不如何起眼。总
之给人最深的印象就是刺毛蜇人，
那可是相当之疼呀！

"可知道如今德国最紧缺的物资是什么？"

突然被这么一问，任谁也是一头雾水，心里想着：喂喂，我又并非世界贸易资讯专员，不是联合国秘书长，也非德国总理，更不是什么观音菩萨或者赫尔墨斯，哪里晓得什么德国呢！问话的是吴君曾经教过的学生，如今在德国留学，倒可谓相关人士。我依稀记得那是位女孩子来着，曾经在苏黎世见过一面，长相全然记不真切，能想起的只有她领着我和吴君，跑去苏黎世火车站前的Coop超市里头，指着刚刚出炉的烤鸡腿说："这个很好吃哟！此乃Coop的招牌产品，喏，我是要买一条带上路！"自苏黎世返回德国，毕竟要坐上两三个小时的火车，饿着肚子怕是不妙。

"紧缺？是什么呢？"吴君应道。

"跟你说啊，是仓鼠，仓鼠！"

继而吴君将事件的始末缘由，原原本本地讲给我听。因着肺炎病毒肆虐之故，欧洲陷入混乱之中，故而德国的一家机构——隶属于官方也罢，民间也罢，总之有那么一个说出话来颇具分量的机构——号召当地居民，说道："如今的事态，可是有点麻烦呀！还是在家里头多囤积点东西为妙。"一如应对地震，家里头若是备有压缩饼干、饮用水、药物和卫生用品，终究能够令人安心些。

"说是囤积。"吴君为我念出德语的单词，"囤积一词，报道之中用了 hamsterkäufe，姑且将之看作'仓鼠式购物'吧，毕竟是 hamster 与 käufe 组合而成的词，hamster 是仓鼠，käufe 是购买。"

"也就是说，并非常用词，而是比喻？"

"是不是呢？德语我也并不熟练。反正在德语里头，囤积倒是另有他词。或许撰写报道者想要采用风趣幽默的语汇，反正标题写成了这个样子。"然而读者却并未能够领悟其中暗藏的心思，风趣根本无从谈起，亦不知晓那是号召民众在家里囤积货物，而仅仅读懂了字面本身的含义：购买仓鼠。

于是德国的宠物店里，仓鼠被抢购一空。仓鼠缺货，豚鼠也缺货，有人试图以松鼠或兔子代替来着。连宠物店经营者也全然不明所以。何以人们蜂拥而至购买仓鼠呢？倘使购买回去的仓鼠，真个被当作宠物饲养起来，也算皆大欢喜，然而有人根本不想养哪门子仓鼠，只是想着："这玩意儿果然能防御病毒不成？"既不能当作口罩使用，也非洗手液，思来想去仅是一团软乎乎的毛球罢了，于是失望之至。一怒之下扔出窗外也未可知。

也有人将仓鼠杀死。"莫不是让人们把仓鼠买回家去，以免其传播病毒的吧？"这么着，买回家的仓鼠惨遭不幸。可怜固然可怜，毕竟仓鼠毫无过错，原本安安稳稳地生活在宠物店里头，吃专门的仓鼠饲料，利用饮水器喝水，在转轮上无休止地奔跑不已。岂料这样的生活忽而变得乱七八糟。"喂喂，又来人买仓鼠了哟！我可不想去莫名其妙的人家里头，被小孩子当作芭比娃娃，摆弄来摆弄去的！"仓鼠弗兰克抱怨道，"不想离开此处呀！"然而不成，弗兰克被宠物店员工以拎起湿答答的雪地靴般的手法，自小笼子里拎出，放入便携式的仓鼠盒，甚至来不及与隔壁的仓鼠布里吉特道别。

"比喻也罢，借代也罢，十四行诗也罢，德国人的想象力还真是丰富过头呀！"我感叹道。总之仓鼠成了紧缺物资，未能买到仓鼠者心怀恐慌，不停向宠物店打电话询问何时能够恢复供应。

"简直一团糟！于是官方不得不出面澄清，告知民众说，无论是饲养仓鼠，抑或杀死仓鼠，与病毒根本全不相干。仓鼠不能用于防御病毒，也非病毒的携带者或传播者。无论疫情延续与否，仓鼠仅仅是一种普通的宠物罢了。"吴君以新闻发布会上总结性发言的语调讲道，"要我说嘛，德国人的语文成绩大概不怎么样。"

其实纵然不明所以地买了仓鼠回去，也全然无需抛弃或杀死。毕竟作为宠物，仓鼠也自有可取之处。模样可爱，又不至于大吵大叫，体型小巧，饲养起来也不繁琐，气味儿固然有，但不至于难以忍受，只消勤于打扫即可。如此想着，我简直也要去养上一只仓鼠了。

小时候养过。读小学时有那么一阵子，养仓鼠忽而成了风尚。具体物种是叙利亚仓鼠，彼时则并非称之为仓鼠，而是叫作"金丝熊"——明明除却金色毛的种类，也有白色、褐色、黑色，杂色也有，何以统统称为金丝熊呢？是有人将白色仓鼠称为银丝熊，如此说来，其他品类岂不应当叫作铜丝熊、煤炭丝熊、双色冰激凌丝熊更为妥当？

总之养过仓鼠。别人送来的，说是不想继续养下去，于是我便接手饲养起来。背部黄褐色，腹部白色，或可谓之卡布奇诺丝熊。起初怕人，怕得要命，大凡人类一靠近，就要张嘴乱咬一通。后来好歹不怕人了，才得以在我袖子里头钻来钻去。每天都要抱着仓鼠玩上好一阵子，喜欢得不成，毕竟是可爱的小动物。

然而还是出了岔子。仓鼠这东西，注定是孤独的动物，两只仓鼠大凡相遇，总要撕咬一番。相比之下，豚鼠则温和得多，喜爱群居，若是长期见不到同伴，甚至面临罹患忧郁症的风险。仓鼠不成，不懂得彼此相处之道，脑袋里头只有争个你死我活的念头。有一次，大我两岁的邻居男孩R，硬是要让他的仓鼠和我的仓鼠比试一番。"跟你说，不和我比，我就揍你！你选吧，是让仓鼠比试，还是我揍你呢？"迟疑之下，我的仓鼠已被夺了去。两只相遇的仓鼠即刻撕咬起来。

"咬呀，使劲咬！"R满脸兴奋地喊起来，"养了你这么长时间，可得给我干点正事！"

我则看准了时机，趁R不备，冲过去将两只仓鼠硬生生地分开了。左手一只，右手一只。何以要以性命相拼呢？想不明白。然而我所饲养的卡布奇诺丝熊已然被激起了压抑许久的野性，一口咬在我的手掌上。右手中指与无名指的接缝处，结结实实地咬个正着。

眼看着血流了出来，我忽而觉得满心委屈，于是不争气地大哭起来。

因而后来遇见游戏"仓鼠球"时，我打心里感到钦佩："唔唔，仓鼠就应当是这个样子呀！和其他生物保有一定距离，这样就好。"心甘情愿与否姑且不论，作为仓鼠自身倒是觉得概无不妥。

饲养者若要为此头疼，尽管头疼就是。"你们就不能学学豚鼠吗？养在一起真是又省事，又安心，何苦硬是要单独隔开呢？"任凭抱怨。

我倒并非宠物店经营者，也不至于谋求仓鼠的集体生活制度统一化管理。但是难以集中饲养的头疼感，却大致能够体味得出。栽种番茄时，就抱有这样的心思："哼，以后我呀，再也不种番茄了！和谁都不能靠近，以为这小小的花园是你一个人的不成？"总之番茄能够释放特殊物质，带有煤气泄漏般的独特臭味儿——二三十年前的那种罐装煤气，而非如今由管道供给的天然气——让人一闻就想远远躲开。周遭的植物也因此而长势不佳。

起初我并不知晓。番茄的叶片掉落到旁边的花盆里，发芽未久的别的什么小苗，像是遭受了图坦卡蒙的诅咒一般，渐渐失却活力。最后总算是远离了番茄，连同番茄的落叶也扔到了海王星去，那一盆小苗才算死而复生。尝试过好几次，其他植物只消放在番茄旁边，便如吃坏了肚子的拉布拉多犬，蔫头耷脑，纵使勉强活了下来，长势也显而易见变得慢吞吞的。

类似的植物，即类似仓鼠般不能与他人（他鼠）共存的植物，反正总有那么几种。有一年种了马缨丹，同样散发出煤气般的臭味儿，于是我索性将它独自丢弃在了角落。植物的竞争手段，我是没有品头论足的资格，既然无法与其他植物和平共处，只好从花园里将之除名。倒是听说番茄啦，马缨丹啦，分泌出的特殊物质也让蚊子感觉厌烦，不愿靠近。如此想来，在夏日的窗口之外，栽种上两盆番茄倒也不坏。

————————

番茄原产于南美洲，起初被欧洲人栽种，说是仅为观赏果子之用。这我倒是颇能理解，毕竟那玩意儿的植株散发出的气味儿委实令人不快。其实非只番茄，身为其近亲的数种茄科植物，也多少带有类似的气味儿。

当初栽种番茄，是我一时心血来潮。品种选了果实小巧的樱桃番茄，就是不想要被它占据太多空间。岂料植株依旧长得急冲冲的，长高之后，稍一缺水，枝叶便萎蔫下去，以至于在不甚炎热的初夏，我也要每天浇水两次。后来好歹结了些果子，我在心里想着，哎呀哎呀，又要为你准备单独的空间，又那么能喝水，想吃上几口你的果子，可不是那么容易的事呢！然而第二天清晨一看，将近成熟的果实，遭受了不知何种鸟类的袭击。有的果子被啄破，有的掉落在地，现场如同失窃的馅饼店。

在那之后，我就再未栽种过任何品种的番茄了。想吃番茄时，去超市里头买来即可。

———————————

最新研究表明，仓鼠果真能够携带新型冠状病毒。这是我在写下前面的那些文字时，并未料想得到的。仓鼠世界或许因此一片慌乱。仓鼠弗兰克与仓鼠布里吉特的命运又将如何呢？

1月7日

樱桃番茄幼苗

1月14日

樱桃番茄开花

2月7日

生长了一个月的植株

盯

樱桃番茄的果实

6月3日

植物小贴士　　樱桃番茄

Lycopersicon esculentum var. cerasiforme

番茄的变种，果实小巧，更为人熟知的名字是"圣女果"。植株比普通的番茄低矮一些。

在波特兰市的郊外，我遇见一位衣着相当考究的老妇人。

说来，未曾亲自造访之前，波特兰在我心里头，无非是个名词而已，所知晓的唯有此地篮球队的名字。位于美国倒是知道，但此处的地理啦，气候啦，人口啦，以何为主要经济来源，环境是否优美，有没有飓风或者闯入民宅里面的熊，这个那个，压根儿就没打算了解一番。结果真个到了波特兰，却未曾在市内停留，而是直接跑到了南部的郊外。

那是郊外一座相当随意的林间公园。距离公路不远处的密林里，有步道穿行其间，步道一边通往低处的溪畔，一边通往略为开阔的观景台。我们在步道的入口与老妇人相遇，此人身着暗杏黄色风衣式呢子外套，头戴相同颜色的圆顶帽，小巧的帽檐上配有不甚显眼的丝质装饰——蓝色及白色的条纹绾成领结状，因蓝色也同样不甚鲜亮，故而与暗杏黄色并无冲突感——颈间围以驼色格子围巾，手持纤巧的手杖。裤子和鞋没看清楚，但反正给人以颇有风度的感觉。

我们和老妇人恰好同时抵达步道入口。见对方是老人，我便刻意停下，向她稍稍点头，请她先行。老妇人则礼貌地致谢，继而像是想起什么事，回头向着停车场方向观望，并再次转过头来，对我们说："你们先请，我还要在这里等一下子。"于是我们便先走了过去。或许是她担心步伐缓慢，借故让我们先行，也未可知。

在步道途中，我再度和老妇人相遇。我在林间拍照，于是理所当然成了队伍里的最后一人。跑在前头的什么人想必已经到达终点了吧。倘使我们一道随着玄奘和尚前去取经，前面的家伙或许已经到了天竺，而我才刚刚离开长安城，便是这样的差距。正所谓天差地别。总之当我蹲在路边，专心致志为一朵野花拍完照片，抬起头来喘口气时，见着老妇人停在步道正中。

"唔，无需在意，请，请！"我指了指照相机，"已经拍好啦！"

老妇人仍旧报以礼貌的点头微笑，对我说："这工作很好呀！"继而向前走去。

总之我在途中耽搁了许久，直到即将抵达步道尽头时，才再度见到老妇人的身影。尽头有一片平坦开阔之地，约有十余位游客聚集于此，或是野餐，或是嬉闹。我正想着，倘使追上老妇人，是应当放慢脚步呢，还是在超过其人时，用某种方式打招呼更为妥当。毕竟要说英语，在英语之中恰当的礼节用词，我一时难以确认。

然而即在此时，前面突然爆发出严厉的呵斥声。声音并不太大，但其中的情绪相当激烈，一如原本风平浪静的港湾，忽而响起汽笛，惊飞了挑挑拣拣取食渔民遗弃杂鱼的海鸥。"你们竟敢这样！"是老妇人的声音，"这是错误行为！"

在老妇人面前，有两个前来游玩的小孩子。不不，说是小孩子并不妥当，大抵十岁左右，正是动辄搞得天翻地覆的年纪。一男一女。两个小孩子正在路边采摘野花。并非什么鲜艳的野花，而是树林底下不甚起眼的白色小花。小孩子们各自抓着一把野花，面对着老妇人，不知所措。

"花是不能随便摘的！"老妇人继续以近乎狂暴的神情呵斥道，"这是错误行为！这是犯罪！你们应该打电话报警，前去自首！怎么能随便摘花呢?！"

周遭的游客都向事件发生地投以关注的眼光。两个小孩子依旧傻乎乎地站立着，不能言语，也无法做出任何表情。似乎有一位成年女子走了过去。随着老妇人一同前往的中年男子也凑上前去。何以看似颇具风度的老妇人，忽而歇斯底里般地呵斥起来——指责小孩子胡乱摘花倒是并无不妥——个中缘由我是想象不出。或许是摘花这一行径，触动了老妇人的"爆竹捻儿"吧。

所谓"爆竹捻儿"，即鞭炮的引燃装置，以纸和火药揉搓成粗线状，点燃后便可将鞭炮引爆。原本我是以为，"爆竹捻儿"一说乃是常规用词，后来才知晓，此为北京土话。总之是引燃鞭炮的装置，或可谓之导火索。传说的故事里头，龙也有类似的装置，称为"逆鳞"，一旦被触碰到，便会引起龙的愤怒。反正都是同样用途的玩意儿。

或许老妇人的"逆鳞"（或"爆竹捻儿"）就是看不得别人胡乱摘花。过去有过什么情由不清楚，反正一见此等行径，就会顾不得什么风度，气急败坏地批评一通。即是说此人在百分之九十五的状况下，都可谓气度不凡、进退得体，唯独点燃"爆竹捻儿"之后，才会大发雷霆。幸而此人的"逆鳞"，归根结底所希求的，仍旧是正确之事——或许有不正确的表达方式，这个姑且放在一边——并非什么违背道德或法律的见不得人的勾当。

然而"爆竹捻儿"并无对错之分。作为真正鞭炮的"爆竹捻儿"，只消并未受潮，能够点燃即可。然而在人们心里头的"爆竹捻儿"，可谓种种样样，五花八门。我曾与一位前辈一同出差，跑到野外相当艰苦的环境里头，折腾了好些日子。唔，非我自吹，但真个相当艰苦来着，吃着硬邦邦的凉馒头，穿着沾满了泥巴的迷彩服直接睡着。便是这种程度的艰苦。终于返回城镇里头，洗了澡，换了衣服，跑去小饭馆吃饭，岂料那位前辈的"爆竹捻儿"不小心被点燃了。

"喂喂，不是说这个是鸡肉的吗？怎么跑出来了猪肉！你们就是黑心店！"

前辈因故不吃猪肉和牛羊肉，只吃鸡肉和鱼。点餐时说得清楚，然而端上桌来一看，全然不是那么回事。我是觉得重新炒一盘菜即可，并非值得大动肝火之事，但反正此人彻彻底底发起火来，俨然如同斗志旺盛的火鸡。

植物也自有各自的"爆竹捻儿"，或者莫不如说，倘使在家里头种花，一不留神就会把植物搞得不开心。"我家的花呀，浇了啤酒之后怎么蔫头耷脑呢？莫不是喝醉了不成？""喷了杀虫剂，花都掉了呢！""周末两天出门回来，植物就成了干菜啦！"实则并非情绪化的"逆鳞"，而是关乎性命的麻烦事。我只得一一回复说："不是什么东西都能喝啤酒哟，快浇大量清水"，"给花杀虫，有专门的杀虫剂，按照使用说明来喷呀"，"下次买个自动浇花器吧"。

真个拥有"爆竹捻儿"的植物，我第一个想到的便是苏铁。跑去日本冲绳石垣岛度假时，在宾馆的楼前头，我就见了好几株硕大的苏铁。这东西，从前我只在植物园里头见过，宝贝似的呵护着。在石垣岛，苏铁则与其他的行道树栽种在一处，宾馆园区靠近海边的绿化带内也有几株，就那么吹着海风，长得敦实而茁壮。

后来我才得知，苏铁并非中国原产，而是自古时的琉球国引入的，起初的名字也并非苏铁，而叫"凤尾蕉"。"苏铁这个名字哟，给你看日本的书！"说起此事，狸多君找来一本日文版的图书，拍了照片发给我。日文我是读不懂，但大致的意思能看得出来。说是曾经的琉球国——如今即日本冲绳一带——有那么一种树木，长得怪里怪气，脾气也有些古怪。天气冷的时候，树会休眠，叶子不长，花也不开，像是根光秃秃的枯木，进入春季，则会醒过来。倘使怎么也睡不醒，就需要把它叫起来。

"你猜用什么东西当闹钟？"狸多君问。我自然猜不出答案。"是铁钉子哟，铁钉子！梆梆梆地敲进树干里头，树就会苏醒过来。所以才叫'苏铁'呀！"

我想象自己是一棵安眠的苏铁。睡得正美时，有人在耳畔嘀咕道："喂，春天来了，该起床啦！"我是还想在床上拖沓一阵子，然而偏有个不识好歹的小子，拿起铁钉子就扎在了我屁股上头。任谁也要发怒的吧？当然会从床上一骨碌爬起来，将那小子打上一顿才能出气。

总之苏铁就是这么一种树木。下次再跑去冲绳时，我要仔细看一看，那些海边的苏铁，有没有钉过铁钉子的痕迹。"莫不是因为遭遇像是耶稣，才叫苏铁来的？"我忽而想到这个问题。是不是呢？植物名字的由来，还真是个值得深思的问题呀。

————————

苏铁也被叫作"铁树"来着，所谓铁树开花，即指难得一见之事。约摸三十年前，苏铁在北方还算是稀罕之物，因而植物园里的苏铁大凡开花，总有报社的记者赶来。隔天即能见到"铁树开花"的标题，黑魆魆地印刷在报纸上头。

然而"铁树开花"所言究竟是不是苏铁呢？此乃一大难题。有人说"铁树"并非植物，而是铁制的树枝。那个自然不会开花，惟其如此，铁树开花才更加难得。至于苏铁，倘使足够粗壮，开花亦属寻常——我在冲绳所见的苏铁，每一株都开得好好的。在上海和成都，我也见过苏铁栽种于路边的花坛里，同样开着花。

只是苏铁属于裸子植物，所开的花并无桃花、玫瑰那样的构造，而与松树有些近似，或多或少。看起来乃是黄褐色的一团，且分雌雄两类。过去的报纸上，是否印过"铁树开花（雌）"和"铁树开花（雄）"呢？想必不至于多此一举。

至于苏铁是不是真个因为被铁钉子叫醒而得名，这一说法尚有争议。"像是什么人牵强附会出来的呀，这说法，我是不大相信。"抱有如此观点者也大有人在。

冲绳石垣岛上的苏铁，
生有大孢子叶（相当于雌花）

有人认为苏铁的名字，是因为
在树干上敲进铁钉子，它就会
"苏醒"过来。这种唤醒的法子
可有些不大地道呀

石垣岛上，从这个窗口可以远
望到海滨山崖上的苏铁。当苏
铁顽强挣扎着活下去的时候，
我却在悠闲地度假，说来倒是
抱歉

苏铁的小孢子叶
聚集成棒状
（相当于雄花）

植物小贴士

苏铁
Cycas revoluta

苏铁原本产于古琉球国，如今作为
观赏树木，在各地都常见栽种了。
有人觉得"铁树开花"说的就是苏铁，
实际上我国南方栽种的苏铁，只要
树龄够大，年年都会开花。

山间的傍晚，只消日光散尽，夜色就会倏忽降临。一如展翅起飞的狐蝠，黑魆魆地扑面而来。暗影将镇子上的小路涂抹得模糊不清时，在岔路口犹豫不决一番之后，我们好歹抵达了小餐馆。餐馆位于镇子边缘，远离主干道，路的一侧即是直挺挺的针叶树林，另一侧临着坡道，餐馆便坐落于缓坡顶端。说是餐馆，远远望去只看得出方形烟囱，足有两层楼高，直愣愣地融入夜幕。"那东西，让人想起不吉祥的故事情节呢！"我在心里暗自思度。走近一看，才知晓此乃高大的烤炉——类似壁炉，但比壁炉更加壮硕，底部放入木柴，烟可经由端正过头的烟囱飘散。烤炉里塞进去一整头牛也并非难事。

"欢迎哟！"

推开烤炉旁的餐馆正门，刚刚要打招呼，服务员即迎接而出。是位年纪四五十岁模样的男子，褐色的头发如鱿鱼须般，或是盘卷，或是伸张，眼睛里则溢出了有悖于夜色的浅蓝色亮光。

"是六位成人和三位儿童吧？很多人的组合

呢，于我们而言，是大团队啦。位子留好了，请，请！"服务员说着，将我们迎接入内。小餐馆位于瑞士阿罗萨镇上。说起阿罗萨，在中国人的心里头并非什么旅游胜地。实则镇子的规模也并不宏伟，惟其如此，居住于此全然感觉不出热门景点般的喧闹。我是十分中意此地，倘使能够安安稳稳地住上一阵子，登山，看花草，写书，借上一条牧羊犬，每天一起在湖畔的小径上晨跑……可谓相当不坏。

"亚洲人？"服务员问道，"说来真是巧合！今天我们的餐品也是亚洲风味。唔，倒并非你们那种纯正的亚洲风味，而是阿罗萨人喜欢的亚洲风味。没问题的吧？"

问题是没问题。但实则我有些好奇，他是怎样知晓我们就是预订了位置的"很多人的组合"。因着众人并非一同进入，而是拉拉杂杂，拖沓不已，他所见的唯有身在最前头的两人而已。"打电话听出来的，"服务员倒是毫不隐讳，爽快地回答道，"发音啦，用词啦，觉得是亚洲人。喏，在阿罗萨，这个季节单独跑到我们这里来用餐的亚洲人可不多哟！"

此处为家庭式餐馆，亦即无需点餐（也无法点餐），每位客人所面对的餐品，都是相同样式。说是亚洲风味，结果餐品端上来一尝，多少有些东南亚菜式的味道。用到了紫米和菠萝，也有新鲜的香草，甜辣酱也用上了。但是相当够味儿，绝不难吃。令人困惑的唯有上菜时，服务员悄声问出的话语："请问，是帮你们每个人分开呢，还是全部放在一起？"

我看了看餐馆里的其他客人，大都是本地人，也有一些熟客，与服务员轻快地打招呼，说一两句我听不懂的德语——应当是开玩笑。他们都是每人单独一份菜品，和传统的西餐并无二致。约摸是觉得亚洲人聚餐时喜爱一股脑端上来不成？总之被这么一问，我们回答，那就全部放在一起吧。服务员的眼角露出"瞧瞧，被我猜中了吧"的得意神情，旋即端上来大得夸张的烤盘。

因有三位儿童在列，我们想着，小孩子若是不吃，就由成年人代劳好了。这么着，才选择了统统混在一起端上来。若是真个去吃三道式或四道式西餐，将小孩子剩下一半的食物倒进成年人的盘子里头，被人看到，对方多少会流露出一点难以言说的神色。欧洲人倒并非全部都是食古不化的家伙，晓得你是外来游客，不至于真个说出什么言语。止于眼神而已。我是无意就用餐习俗大谈特谈一通，反正倘若二选其一，要么严格遵守分餐制，要么拒绝浪费食物，我是要选择后者。

所谓餐桌上的基本礼仪，说来惭愧，我是知之有限。非只是在欧洲，十几年前跑到广东出差，餐桌上近乎每道菜都有一双公筷，要在公用和私人的勺子与筷子之间不停切换，我是彻底应付不来。一不留神，就用自己的筷子夹起了餐桌上的菜品。是否在广东就餐必须遵守此类习俗，彼时我不得而知，无意间被看作"不知礼数的北方蛮夷"也怪不得别人。"你那是在，哎，有点所谓格调的场合吧？"和广东的朋友一说，对方答道，"累是够累的，不过就卫生而言，倒是也有道理。没觉得？"

　　如此说来，岂不是彻底的分餐制更好？彻彻底底，各得其食。烤得嗞啦嗞啦作响的火鸡端上来，每个人的餐盘里头分得一块，来自胸部也罢，腿也罢，肩颈也罢，悉听尊便。我是并不反感分餐制，或者莫不如说，倘使能够因推行分餐制而杜绝疫病的传播，我是乐得为分餐制而鼓掌叫好的。何人强烈反对分餐制我不清楚，大约流水线上的填鸭，不怎么喜欢如此就餐的吧？只可惜无人向填鸭询问一番。

　　在我家的花园里，也是在切实施行分餐制——植物并非一同栽种在地上，而是分别栽种于各自的花盆里头。毕竟空间有限，土壤质地也坏到相当程度。说是土地，实则是建筑回填土，只消挖下去三十厘米，即能发现建筑废料。大小不一的水泥坨啦，硬邦邦的土块儿啦，如手臂般长短的粗钢筋啦，墙体保温层涂料的残渣啦，林林总总，若是统统挖将出来，不知要挖到何年何月。要么彻底换土，要么忍气吞声。

这么着，我只得用花盆栽种植物。墙根处倒是栽种了藤本月季，角落里也有木瓜树，这些都直接栽种在地上，换了一点点营养土，花费了好一番力气。余者全部选用了花盆。何种植物适用何等尺寸的花盆，所需的土壤质地、浇水方案、添加肥料的种类和频度，或多或少彼此有别，因而说是分餐制。花园里的分餐制，一如营养配餐，量身定制。

"喂喂，人家可是在开花呢，当然要美容餐啦，能懂？"月季女士说道，"美容嘛，说是胶原蛋白那玩意儿效果不错。喏，炖猪蹄子是我的配餐吧？"

"瞧你，抢个什么劲！"石榴女士气呼呼地插嘴道，"我可是在孕育小宝宝呢！难道猪蹄子不是慰问产妇之用的吗？就你那脸蛋儿，还能漂亮几天？我看哟，明天就要被咔嚓一剪刀——"

"剪刀又如何？剪断了也要大补，你可真应了俗语说的，'怀孕的乌鸦三年内智商比不过黏糊糊的水蛭'，我们嘛，花是剪掉了，补品可一样都不少哟！"百合一家子也加入战团，"比你们都受关照呢！莫要偷偷嫉妒呀！"

例外的是栀子。说是北京的水质偏碱性，喜酸的栀子无论如何适应不来。只得以纯净水或雨水浇灌，配以喜酸植物的专用肥料。倘使我亲自照料时还好，麻烦是够麻烦，但不至于出岔子，然而一旦要出远门，委托给家人也罢，朋友也罢，总是不好意思劳动别人为此大费周章。"栀子呀，那个，说是要浇纯净水……不不，千万别专门费心，可不用买什么纯净水来……对的，我把纯净水装在桶里头……那是，无论如何也不够呀，毕竟要外出很久……也只得如此啦，那就隔两天浇一次纯净水好了……哪里哪里，是我麻烦您才是！"

结果未能充分享受分餐制优越性的栀子，到头来还是落得个凄惨死去的结局。说悲凉也着实悲凉，但太过挑食可是难以在恶劣环境中存活下来的。

在阿罗萨的小餐馆里，除却头盘和沙拉，前菜乃是炒制的紫米混以切块蔬菜、切块水果和干果的蒸饭，主菜则是炖牛肉——结结实实一大块，汤汁也够味儿，毕竟是阿罗萨人改良过的亚洲风味，菜量和调汁手艺依然是瑞士德语区的习俗。

"你们，可够吃吗？"服务员凑过来，向我挤挤眼睛问道。

"莫不是还能追加？"我惊讶地问。毕竟是在阿尔卑斯山间，又不是什么吃到饱的自助餐。

"唔，可以吧，我想。如果后厨还有的话，是可以的。"

结果前菜又端上来一模一样的一大盘，主菜则按成年人的人数与分量添加。只收取了象征性意义的费用。这在欧式分餐制的餐馆里头，多少有些与众不同。"亚洲风味嘛！"服务员欢快地说道，"还请等一下子，甜点这就要完成了。倒并非亚洲甜点，能行？"

自然能行，作为甜点的巧克力蛋糕可谓恰到好处。只是服务员也罢，主厨也罢，小餐馆的老板也罢，倘使真个跑去亚洲，必然对亚洲风味来个天翻地覆的重新认知。此地的菜品，称作采用部分亚洲食材制作的欧式杂烩菜品，或许更为妥当。但反正我是吃得心满意足，故而啰嗦不得。岂料第二天，我们居住的宾馆里头，一位在此工作的年轻女子不无好奇地前来搭话道："听说你们去了那家餐馆呀？可还满意？餐馆说，亚洲人来我们这里吃了亚洲菜呢！那个，亚洲菜做得可正宗？果然是亚洲风味吧？"

———————

　　栀子在南方甚是寻常，好几次在山林之间，我都见到了野生的栀子树。城市里也常见栽种，只是多为重瓣品种。若说喜好，我是偏爱单瓣栀子，轻巧灵动，自有一种雅致感，重瓣则太过喧闹。"喏，说是一团脏兮兮的卫生纸也不为过的吧？"对于重瓣栀子，便是如此感觉。

　　为了养护栀子，我专门购买了喜酸植物肥料，如今栀子是死掉了，肥料却剩下了一半。前一阵子，见到网络卖家上架了一种花期极长的单瓣栀子品种——说是自国外引进而来——我的心里头又开始惦念。"买不买呢？""难办呀！浇水是个麻烦事。""然而还有剩下肥料嘛，不要浪费才好。"自言自语了一阵子，却发现那一新品已然售罄，总算长出了一口气。

　　还是跑去南方看栀子为妙。

在北京勉强盆栽的栀子花

小餐馆里未实施分餐制的主菜

需要为栀子花单独浇
纯净水与喜酸植物营养液

阿罗萨的小餐馆，我们得以
在此享用"亚洲风味"美食

植物小贴士

栀子
Gardenia jasminoides

野生的栀子花原本是单瓣的，只是
作为观赏花卉，反倒是重瓣栀子更
常见些。有人将重瓣栀子看作一个
变种，名叫"白蟾"。说来抱歉，
重瓣栀子我是喜欢不来。

"喂喂，这可是了不得的大事哟！"

临近午夜时分，电话响起。某位前辈焦急万分，自顾自地说起来。纵使无可奈何，我也只得耐着性子，好歹找个空当，不失礼节地打断了此人的自言自语。"别急呀，还请从头说起。"大事也罢，小事也罢，都有始末缘由，若是不说个清楚，我怕是想帮忙也不知从何帮起。

"总之，唔，能告诉我如今有哪些牧草吗？"前辈思度片刻，说道，"生命力顽强，怎样栽种都不至于死掉的那些。对了，种子能买到？明天傍晚之前，想买到牧草的种子。"

"不好办呀！"牧草固然有，只消花上一点工夫，生命力顽强的牧草种类，总能查个一清二楚，然而即刻就要买到种子，这可并非易事。"总有内情的吧？"我问道，"倘若能说，把内情告诉我可好？也好想想切实可行的法子。"

"说来有些啰嗦，能行？"

继而前辈讲起了所谓的内情，即何以急于购买牧草种子的原因。

约摸两个月之前，前辈随同民间团体，访问非洲某国——说名字难免惹出麻烦，姑且称之为 A 国——说是民间团体，实则由 A 国相当有头有脸的大人物出面接待。搭乘大人物的私人飞机前往，乘坐专车自机场接入国宾馆（或类似的玩意儿）。然而令人叹息的是，一路上自车窗向外望去，眼中所见的唯有贫穷：首都城市里头仅有一条柏油道，其余皆是土路；高层建筑一如濒临灭绝的斑鳖般稀少，除却行政机构和类似于国宾馆的玩意儿，皆是千篇一律的简易平房；特别招待的国宴（或类似的玩意儿）也难以称道，吃罢直至翌日清晨，嘴里头都塞满了洗也洗不掉的豆子味儿。

"干什么去的不能说，"前辈叹息一声，"反正若非亲眼所见，我是想象不出，在二十一世纪竟然还有这个样子的国度。"

经由前辈所言，我在脑袋里头大致勾勒出一幅画面。惨不忍睹。然而那里头有多少是真实的情形，又有多少经由转述者的意志，发生了微妙的改动，这个比例不得而知。总之能够把握的状况是：前辈曾前往 A 国来着，关于牧草之事，应当与此有关。

"那是，非但有关，而且关系重大。"前辈总算将思绪自 A 国所见，拉回到了眼前，"这几天，那个大人物派出了回访团。我呀，如今正在酒店的咖啡厅里头，刚刚把回访团送回房间。累呀，真是够受的。"

纵使未能享受国宾待遇——回访团并未通过外交层面，而是悄然前来的，正所谓民间交流——回访团成员依旧惊叹不已。相比于 A 国的处境，在我国的所见所闻，活脱脱就是人间仙境，哪里都是奇珍异宝。行程即将结束之际，回访团忽而问前辈道，可否购买一些优质的牧草种子，想要带回 A 国去，以促进畜牧业的发展。

"说是要养牛。后天一早回国，明天想要去买种子。"

"那玩意儿，能带回去？海关啦，检疫啦，可不是闹着玩的。"

"说是走特别通道。"

"不是民间交流来的？"

"民间特别通道。"

"这个呀，"我认真思索起来，想好了对策，这才应道，"买是能买得到，办法总还是有的。然而后续的事，或许惹出麻烦，我可是无能为力。"

"那是！麻烦不至于，能买到就好。说了嘛，走特别通道。"

这么着，我开始研究起牧草的特性。哪些种类适宜干旱炎热地区栽种，哪些种类纵使无人管护，也能自顾自地顽强生长。午夜时分查阅资料，脑袋反而异常清醒。总算将牧草的大致状况或多或少弄清楚时，前辈恰好再度打来电话。

"唔，说来抱歉，并不是要牧草。"

"不是牧草？"

"是牧草，唔，但不是随便哪种牧草就行。翻译跑来找我，说这里头出了岔子。总之回访团想要牧草，而且指定了种类。说了好一阵子才说清楚，说是想要苜蓿。"

"苜蓿？何苦跑这么远的路来找苜蓿？"

"想找适合在热带栽种的苜蓿呀。"

对于苜蓿我知之甚少，只得再度查阅论文，得知如今栽种的苜蓿之中，有所谓的"南方种植型"和"南方极地型"，或许恰能符合 A 国回访团之需。幸而在正常销售渠道即可买到，跑去销售门店，付钱买下即可，并不至于惹出任何麻烦。

至于非洲牛是否吃得惯"南方种植型"苜蓿，抑或食用"南方种植型"苜蓿之牛出产的牛肉啦，奶制品啦，是否满足当地消费者的口味，此乃别人操心之事。就连牛肉牛奶的味道，是否真个因牛的食谱不同而有所差异，我也压根儿不晓得。牛不晓得，鸡和驴子也不晓得。仅仅在广告里头看过，但广告啦传单啦减价信息啦专业销售员随口说出的承诺啦，自无法当作科学结论全盘接受。

我曾在路过某座村子时，见到墙上的标语写着：驴吃虫草我吃驴。大约是贩售驴肉的广告，标语底下写着一串电话号码。我是很想一探究竟：一头驴子每天吃掉多少虫草，才能够确然改变驴肉的品质或滋味？食用虫草之驴，与未食用虫草之驴，除却肉味还会有何差别？虫草是作为饲料添加剂，强制每一头驴子食用，还是如自助餐厅般，任凭各驴喜好，任意选取？

"二黑哟，你何以不吃虫草呢？听说这东西可贵着哩！"面部生有灰色卷毛之驴——为了方便之故，可称之为"卷发"——劝说道，"任君自取哟，不吃可实在是浪费！"

"那玩意儿，吃不惯嘛！"二黑气呼呼地答道，"一股臭烘烘的味道，嚼起来干巴巴的，和枯树枝一个样子。哪有豆饼可口！"

"说是吃了虫草才能强身健体呀！"卷发依旧不肯放弃，"你呀，吃东西可不能挑三拣四，只顾着口味，全然不懂得营养膳食。让你多读书嘛，就是不听。"

"我也强健着哩！"二黑抬起前蹄，"喏，喏，总比你强健的吧？读书那劳什子，可和驴子毫不相干。全天下不吃虫草的驴子比比皆是，也未听说哪里的驴子灭绝嘛。"

如此的对话势必无休无止。我将二黑和卷发赶出脑海，然而吃虫草的驴子究竟有何奇妙之处，到底我也未能得知。电视里头也曾有过鸡肉的广告来着，说是以蚂蚱为食的鸡，弄出鸡肉来别有风味。倘使二黑听闻，多半会硬生生地哼上一声，说道："鸡吃蚂蚱也好，不吃也罢，总不至于就此灭绝的嘛，何苦吃那劳什子！"就算蚂蚱的味道确然鲜美，在鸡界大受好评，作为驴子，大凡自身无法理解之事，也总要大加否定一番。

在我身上也沾染了驴子的毛病。看到牛奶的广告说，生活在阿尔卑斯山的奶牛，可是吃着数十种天然香草生长的哟，牛奶势必不同凡响。我在心里小声嘀咕，喂喂，莫不如将数十种香草磨成粉末，以寻常的牛奶冲泡开来，如此这般，才更加便捷直接呀？何以香草进入牛的肠胃——竟然还有四个胃！——蠕动一通，就能产生妙不可言的变化呢？

真个跑去阿尔卑斯山，才明白那里的牛对所谓的香草全然毫不在意。山坡草地上，百里香啦，鼠尾草啦，羽衣草啦，这个那个随处可见。此乃牛的寻常食物。无需刻意添加饲料，只消以黏糊糊的舌头一股脑卷入口中，大嚼特嚼就是。至于牛奶或者牛肉有何不同，我是难以体会得出。切身体会过的，是阿尔卑斯的牛粪。

在草地上拍照时，忽而觉得膝盖暖融融的，低头一看，恰好跪在一团新鲜的牛粪上头。牛粪尚未凝固，依旧是滑溜溜绿莹莹的黏稠物。过不多时，蹭在膝盖上的牛粪迅速干燥起来，成了不甚浓郁的橄榄绿色。粪中带着热乎乎的青草气味儿，一如刚刚腐烂变质的西蓝花蒸熟后的味道。清新是谈不上清新，然而亦不至于臭气熏天。牛粪里嗅不到任何香草的气味，薰衣草呀罗勒呀百里香呀牛至呀，统统嗅不出，更不用说黑胡椒或者无花果的味道了。能嗅出的唯有蒸西蓝花，软绵绵热腾腾的蒸西蓝花的气味。

再度谈起苜蓿，是在约摸半年之后。因着一点琐事，我与前辈联络，寒暄之间，到底再度谈起了苜蓿。"之前的苜蓿，可还顺利？"我问。

"苜蓿？"前辈迟疑了一下子，"那个呀！苜蓿嘛，总之买回去啦。"

"就那么买回去了？"

"就那么买回去了，毕竟走特别通道嘛。"

"那个，可种出来了？牛喜欢吃？"

"牛？哪来的牛？"

"不是说为了养牛，才要买苜蓿来着？"

"哪来的牛？不养牛，压根儿就没有牛。是养山羊！山羊！"

我到底搞不清楚在哪里出了岔子。明明记得前辈说是为了养牛，何以变成了山羊呢？忽而我在心里头生出疑惑来，连同非洲啦，A国啦，回访团啦，这些莫不是从一开始就压根儿不存在？没有贫穷的非洲国家，没有大人物，没有私人包机，没有国宾馆（或类似的玩意儿），自然也没有牧草，没有牛，山羊也没有。然而前辈又何苦费尽心思，硬要编造出这些细枝末节不可呢？纵使故事讲得天衣无缝，又能抵达哪里呢？想不明白呀！

"那，山羊可喜欢吃？"终究我收起疑虑，既然说是山羊，那就山羊好了。

"山羊？喜不喜欢呢？喂喂，你知道山羊的吧，那种动物，大凡一切可食之物，无论花啦，叶子啦，连同光秃秃的树枝和地下的根，都能吃个干净。倘使是牛，或许对食物种类还会挑拣一番，山羊可没有挑食的立场！"

花 与 鸭 嘴 兽

"如此说来，山羊是喜欢吃苜蓿的吧？"

"苜蓿也没有立场呢！"

我在心里头叹息了一声。若说个人喜好，我倒是更喜欢牛。苜蓿与牛，如此即可。

———————————

苜蓿实则种类繁多，但作为牧草所说的苜蓿，大致还是指紫苜蓿，或是由紫苜蓿杂交而来的种类。毕竟紫苜蓿自古以来便是优良牧草。只是此物究竟源于何处，如今却难有定论，说是大约源于亚洲中南部吧——我国的紫苜蓿，是张骞通西域时带入中原的。反正如今在世界各地，紫苜蓿都可谓常见牧草。

非只牧草，也可当作草坪。在我从前工作的公司附近，曾有好几块荒地，说是已然确定了用途，只是三两年内，还不至于破土动工。为着美观与保护环境，荒地上撒了"综合草坪种子"——即多种易于栽种成活的植物种子，混在一处——于是某一片荒地上，紫苜蓿生得格外茂盛，将其余种类的花草统统挤到角落里。

初夏黄昏时分，经过紫苜蓿草丛旁，初开的花朵散发出清淡而甜美的香气。盛夏不成，正午也不成，唯有初夏的黄昏，才能够嗅得到那种气味。如今我已离开公司，也不至于专程为了紫苜蓿的气味，跑上十几公里赶过去，故而那味道也变成了追忆。如此想着，三两年的时限早已过去，那片荒地怕是已然建起了什么庞然大物式的楼宇，不再是荒地了吧？紫苜蓿如今又如何了呢？

花 与 鸭 嘴 兽

紫苜蓿的果实是盘旋扭曲的形状，成熟时褐色

紫苜蓿的种子，
长约1～2.5毫米

初夏时分的紫苜蓿草丛

植物小贴士

紫苜蓿
Medicago sativa

紫苜蓿在我国各地都有，或多或少，有时是作为牧草或者单纯的草坪而栽种，有时在无人管护的状况下也生长得不错，于是变成了野草野花。

黑色七座商务车停在面前，如同一只方正过头的鬼魅。

不出所料，商务车的司机依旧是那位沉默寡言的中年男子。不同于爱丁堡随处可见的苏格兰人，男子的相貌令人想起加勒比血统，小麦色的面庞，短发，头型颇似刚刚剪过羊毛一星期之久的萨福克羊，眼神自始至终都是沉甸甸的模样，额头因皱眉之故，刻有清晰的横向纹路。男子"唔"了一声，算作招呼，再无更多言语。

阳光明晃晃的上午，我们自住处前往爱丁堡植物园，利用手机软件预约了出租车。驾车前来的即是此人——萨福克羊男，我在心里头姑且称之，倒是并无一丁点不尊敬的意味——黑色七座商务车悄无声息地停在路边，将我们载往爱丁堡植物园。岂料傍晚时分，自植物园返回住地，竟与此人再度相遇。

"又碰上了哟。"我与萨福克羊男寒暄道，毕竟车子里头的气氛太过沉闷，一如午夜时分摆放着硕大钢琴的音乐教室。说点什么吧，我暗自思度，于是寒暄起来："可记得吧？今天一早，就是搭乘了你的车子，喏，就是这辆车，把我们送到了植物园去。"

"唔。"男子应道，"我嘛，总是在植物园附近。"

"可喜欢植物园？"

"可喜欢植物园？"男子重复道，"唔，可喜欢植物园？"

对话戛然而止。男子以沉甸甸的眼光看向前面的道路，我则再也想不出还有哪个话题可供交谈——何况要操着蹩脚的英语——只得乖乖闭嘴。直到车子停在路边，我们自车门鱼贯而出，男子忽而再度嘟囔起来："可喜欢植物园？植物园嘛。"

继而黑色商务车驶离，我终究未能听到男子的答案。大约那提问根本无需答案，我和男子无不心知肚明。

再度听说萨福克羊男的消息，是在三个月之后。我早已离开了爱丁堡，也近乎将男子忘个一干二净。岂料忽而收到消息——当日一同乘车者发来的消息——问我道："可记得那个司机？早上遇见一次，傍晚遇见一次，那个司机，可记得？"

这么一说，萨福克羊男的形象在我眼前浮现出来。自然记得。

"听说了一点点关于他的消息。跟你说，那个人在爱丁堡植物园附近，可谓小有名气呢。前几天有人去爱丁堡，也搭了他的车。去植物园的路上，总能遇到他。不觉得有点奇妙？"

后面的故事，乃是辗转了许多次，听人说来的。是否真实另当别论，毕竟是关于远在爱丁堡的沉默寡言的司机的故事，他在何时何地，向什么人说起这些情由，我是统统不得而知，因而仅仅将听来的故事，记录下来罢了。这里头想必带有不甚准确之处。

或许唯有不甚准确的故事，才能为我解开彼时埋藏于心的疑惑：男子何以时常出没于植物园附近呢？若以工作而论，亚瑟王座啦，爱丁堡城堡啦，圣吉尔斯大教堂啦，纵使是火车站也好，哪里也好，总要比植物园热闹得多，乘客那玩意儿，要多少有多少。何以硬是钟情于植物园不可呢？

大约在萨福克羊男十岁时，家里头遭遇了一场变故。祖父去世，老房子因传出不吉祥的名声，只得以低廉的价格出售。举家搬来爱丁堡，定居于此。祖父曾是家里头的绝对权威人士，说一不二，身体也格外硬朗，原本活到伊丽莎白二世女王百岁寿诞也不在话下。从未有人想过，此人会骤然离世，唯有祖父本人了然于心。

"喏，常春藤枯萎了呀。"祖父对年幼的萨福克羊男说道。

在那之后不久，祖父便毫无征兆地与世长辞。全家无不乱作一团。然而年幼的萨福克羊男笃定地认为，祖父已将这一情境告知于我，只是我未能理解其中的含义。常春藤晓得。老房子的墙外爬满常春藤，民间传说，常春藤可以庇护一家人免于危机。祖父辞世之前，常春藤成片枯萎，确然并不寻常。乃至后来传出风言风语，说是这栋老房子之中，出现了不吉祥的团块，也与整面墙上的常春藤一夜之间成了枯枝不无干系。

　　"并非那么回事。"年幼的萨福克羊男心里想着。纵使举家迁移到爱丁堡，萨福克羊男也深信不疑，何至于有什么团块！不过是有人借此压低地价，趁着兵荒马乱，大捞一笔罢了，资本家的拿手好戏。少年无师自通一般，知晓了其中的情由。然而何以祖父过世之前，唯独对少年说起了常春藤呢？必然大有缘故，只是暂且想不清楚。

　　在爱丁堡驾驶出租车时，早已成年的萨福克羊男忽而冒出一个念头：倘使弄清楚常春藤这种植物，或许可以抓住祖父离世前留下的某种线索。幸而爱丁堡拥有一座举世知名的植物园。待到发现自己终日在植物园附近转悠，萨福克羊男已被植物园困住，无法摆脱。想要去其他什么地方，然而车子开了一圈，又回到了植物园周遭。

植物学家确然遇到过好几位。不不，想必更多，只是萨福克羊男无从判断。能够一眼看出此乃植物学家者，至少也遇见过好几位。然而作为司机，究竟怎样开口发问，才能令对方信服呢？喂喂，跟你说，我嘛，想要知道常春藤这东西哟，可能为我讲解一番？不成不成。即使将祖父与常春藤之事，原原本本地讲述出来，萨福克羊男也担心太过冗长。况且那并非植物学家乐于聆听的话题。

在爱丁堡的小酒馆里，萨福克羊男曾经将常春藤之事和什么人说起过——大约这一则故事便是因此而流传开来——对方是植物园相关人士，萨福克羊男载过此人好几次，大致认得出。然而对方并不能给出任何算作答案的玩意儿，常春藤怎样生长，在什么季节开花，哪种鸟儿喜爱常春藤的果子，这个那个，统统不是萨福克羊男所希冀的答案。

"常春藤嘛，"分别之时，对方指着酒馆的大门，"可晓得那句关于酒馆的俗话？'好酒不需要常春藤灌木。'"

就是它了。萨福克羊男决定，就以这句话当作答案好了。祖父想要通过常春藤，将这句话深刻在彼时少年的心里头。是不是真正的答案不清楚，反正萨福克羊男决定，将这句话认定为答案。如此一来便再无苦恼，萨福克羊男不再为植物园所束缚。在爱丁堡的其他什么地方等待乘客，也不至于心神不宁，再未梦见祖父和老房子，对于常春藤的兴致，也如荆豆花期过后不知去向的蜜蜂一般消散殆尽。依旧在植物园附近出没，仅仅是因着惯性使然。并非植物园将萨福克羊男紧紧抓住，而是萨福克羊男时而伸出手来，抓住植物园。

常春藤倒并非如何珍稀之物。倘使在欧洲，小路边的墙角啦，原野间的树木之下啦，甚至疏于打理的墓园里头，无不爬满常春藤。若说那里头潜藏着某种更加深刻的隐喻，我是揣度不出。关于常春藤，能想到的无非支离破碎的信息罢了。中国本土的常春藤称作常春藤，欧洲的常春藤应当叫作洋常春藤。凭借枝条上短而密集的攀缘根，犹如触手般紧紧抓住墙壁，向上攀爬。叶子总是阴沉沉的深绿色，纵使在冷雨飘落的冬季，叶片也不凋萎。说是自神话故事开始，就有人将常春藤拿来醒酒，然而真个吃下肚，是否醒酒暂且不提，倒是多有中毒事件发生。

在花卉市场上也甚是常见。贩售的皆是洋常春藤——说来委实抱歉，本土的常春藤几乎一次也未见过——只是卖不出好价钱，总是被丢弃在角落里头。剪下一段枝条，浸泡在清水中，过得几日，就会生出白嫩嫩的新根，仿佛满怀求知欲而探索不休的蠕虫。此时将枝条埋在土里，就算大功告成。

十年之前，或许十二年前也未可知，我曾专门跑去花市，购买过一盆新款常春藤来着。叶片是绿色的心形，边缘柔顺，毫无棱角。说是韩国培育出的新品种，价格也比寻常的常春藤贵了足足一倍有余。买回家里头，将花盆挂在窗口，一丛枝条自顾自地垂下来，房间随即染上了温吞吞的慵懒色彩。

这盆常春藤的枯萎也颇不寻常。栽种了两年，看常春藤也到底厌倦了，只剩下每天浇水时才会记起。"对哟，这里还有一盆常春藤呢！""何苦栽种这劳什子呢！枝子乱糟糟的，花又不开。""麻烦呐，还要每天惦记着它。"忽而一天傍晚，常春藤的叶片毫无征兆地萎蔫下去。明明清早还是硬邦邦的呀！并非缺少水分，亦非外力侵害，理由不清楚，总之仅用了一天时间，常春藤便摇摇欲坠起来。我到底有些忙乱，查阅资料也罢，向人询问也罢，反正不得要领，甚至还将泥土翻开，看过根系来着——根部并未生虫——总之回天乏力。仅过得三四天，植株已全部变成了枯黄色。

只可惜在爱丁堡时，我不知晓个中情由。若是能将常春藤的境遇与萨福克羊男分享，故事应当会比此刻更加深刻，或多或少。

花 与 异 乡 人

常春藤——倒是应当称作洋常春藤更为妥当——在欧洲甚是寻常，走在旷野里头，路边偶然遇见高大敦实的树木，树干上或许就爬有一丛常春藤。房屋啦，墙壁啦，硕大的石头啦，大凡能够攀爬之物，常春藤统统不会放过。自然也有人喜欢不来，毕竟常春藤用来攀缘的细碎触手一般的短根，到底会侵蚀墙壁，被人嫌恶也无可奈何。

寻常的洋常春藤，叶片大都是五角形，如同深绿色的手掌。若是园艺观赏之用，除却心形，也有胖嘟嘟的五边形，抑或带有银色斑纹的品种。只是栽在家里头，通常不会开花，作为廉价且无需精心养护的观叶植物，往往会在房间里丧失存在感，难以成为焦点所在。

我栽种的心形叶子的常春藤，也曾剪下几枝扦插，分给其他人栽种来着。"喂喂，我家那个常春藤，不知何故，前一阵子忽然枯死了哟……不不，不想再种了，倒是感谢你的好意……"接到对方打来的电话，我一时间陷入沉思。何以我家的常春藤，与别人家的常春藤，在大约同一时间段里，相继枯死了呢？但反正世间就是存有此等巧合。

爱丁堡植物园温室

洋常春藤茎上的不定根，
用来爬树爬墙

爱丁堡植物园侧门（从这里
出门之后遇到了那位司机）

树干上的洋常春藤

植物小贴士

洋常春藤
Hedera helix

在欧洲非常常见，依靠着茎上的
不定根（攀缘根），无论是建筑
物的外墙、围栏，还是粗壮的树
干，都可以轻易爬上去。

找了好一阵子，金鱼依旧没能找到。

何时消失的不清楚，或许是昨天，或许是三天之前。总之约摸一个星期前，金鱼还好端端地待在鱼缸里头，呆头呆脑地游动不已，如同一团揉皱后随意丢弃在水底的花手帕。然而昨天傍晚，为鱼缸添水时，总觉得什么地方出了岔子。水草绿岑岑的，玻璃缸的内壁生出了毛茸茸的绵藻，过滤器出口处的细流哗哗作响。对了，没有鱼！我慌张地找寻了一番，小鱼有三条，前一阵子胡乱买来放在鱼缸里的，它们总是藏在水草之间，俨然隐者的模样，将它们一一找到，多少要花费些时间。然而大个头儿的金鱼却不知去向。

鱼是好几年前开始饲养的。买来五条，其中两条由女儿带去幼儿园（当然生死不明），一条在夏季放于室外时，变成了流浪猫消遣的玩意儿，另一条不知何故，在两年前的春日里翻起银闪闪的肚皮，呜呼哀哉。剩下来的鱼仅有一条。

"鱼到底哪儿去了呢？"女儿得知金鱼消失，

急忙跑过来，"这可是我养了好几年的金鱼呀！"

说来委实令人伤心。然而将鱼缸内外找了个遍，我也未能发现任何线索——或姑且可以称之为线索之物。鱼缸里头除却水草和小鱼，概无他物，鱼缸外头的地面上，也看不到金鱼腐烂或风干的尸体（抑或与之相似的东西），家里头没有兽类，也未养鸟，已经好长一阵子没有客人来访。鱼究竟去了何处呢？

"有时候动物啊，确实会消失的。"我只得如此安慰女儿，"我种的花，也会莫名其妙消失的呀，还记得？"

然而女儿大约是忘却了。三年前——也许是四年前——我曾栽种了一盆彩色马蹄莲。再早些时候，彩色马蹄莲刚刚上市未久，我和妻在花市上看中一盆，仅有三株，要卖六十元，犹豫了一下子，终究觉得贵了，并没有买。后来价格到底便宜下来，我也欣欣然开始栽种。大体而言，我喜爱彩色马蹄莲中鲜亮的黄色，以及深邃的紫褐色，并不中意草莓牛奶般不甚浓郁的淡杏红色。花开了好一阵子，深秋我将扁球形的块茎挖出来安置妥当，翌年春日，再度栽种下去。

"彩色马蹄莲嘛，第二年想要再度开花，可不是那么容易的事哟！"有人给我建议道，块茎里头的养分毕竟消耗了不少，很难复花，不如丢进垃圾桶里，再去新买一盆回来。我到底舍不得丢弃，倘使不开花，就当观叶植物来栽种吧。

第二年确然没有开花，我则耐着性子，施肥，养护，想要看一看再过一年的情形。第三年植株依旧茂盛，叶片生得如同包裹粽子的箬叶，散落以银灰色的斑点。"不坏嘛，纵使不开花，看叶子也不坏。"

然而在夏日里头，全家外出旅行归来，彩色马蹄莲就此失去踪影。设置了自动浇花装置，不至于干枯，其他植物统统毫发无伤——甚至茁壮过头，花园里的小径，几乎被枝叶彻底覆盖——唯有彩色马蹄莲的花盆里空空如也。

并无遭遇暴力的痕迹。花盆的位置并未变动，表面的土壤也完好如初，消失的仅是彩色马蹄莲那些厚墩墩的叶片罢了。"莫不是泡烂了？这几天下雨来着，恶狠狠的暴雨。"听人这么说的，有道理是自有道理。遭受蛞蝓或者红蜘蛛啃食亦有可能。然而仔细观看，却终究未能看到叶片残留的些许痕迹，哪怕一丁点不起眼的剩余物，也未能找到。

而后我想起了埋在土里的块茎。倘使有什么人翻越围栏，进入小花园里头，以小巧而锋利的医用解剖剪，将那些墨绿色并洒以银灰色斑点的叶片，以蔚为精妙的手法悉数剪去，再煞费苦心地将花盆表面的土壤覆盖妥当，总还是可以弄出如今的场面。何以硬要这么做不可，理由我是不得而知，但反正并非毫无可能。既然没有大肆挖开土壤的痕迹，块茎应当依旧留在土中。

然而块茎也一同消失不见。我将整个花盆掀翻在地，在湿漉漉黏糊糊的泥土之间找了好一阵子，哪里也没看到扁球形的块茎。纵使被雨水泡烂，也不至于在一个星期之后就消失得毫无影踪吧？总之无论叶片还是块茎，有关于彩色马蹄莲的一切，都莫名其妙地消失一空。说沮丧也着实沮丧，毕竟花费了好一番心思，精心侍弄来着。

"彩色马蹄莲，有一年夏天，也是这么消失了哟。"我对女儿说道，"咱们家呀，也许住着小妖精。遇上它们特别特别喜欢的动物啊，植物啊，就悄悄带回去家去了。"

"那，小妖精不能留个纸条吗？写上，我们特别喜欢你家的金鱼，就把它接走了。"

我犹豫再三，到底没有和女儿讲起另一则故事。讲也未尝不可，倘使她再度想念起失踪的大金鱼，想念得不行，届时再讲不迟。

是自北美洲听来的故事。在北美旅行时，作为向导的华人男子，偶然之间讲起的故事。男子和妻——彼时结婚未久，并无小孩——跑去加拿大北部的某座荒野公园度假，租了密林深处的小木屋。说是小木屋，实则直饮水呀，用电呀，移动网络呀，这个那个一应俱全，还有壁炉和足以烧上一整年的柴火。想必价格不菲。男子与妻在小木屋居住了一个星期之久，每天清晨外出，沿着公园步道慢跑，总能遇见各式各样的鸟，时而看到马鹿或者狐狸。继而回到小木屋，吃简易早餐，饭后视天气状况，要么驾车去公园的哪里游玩，要么就待在小木屋的屋檐下，喝咖啡，看书。傍晚时制作约略正式的晚餐，餐后散步，看一阵子星空，返回小木屋安歇。

真个令人羡慕不已。我在心里头暗自喟叹。

度假即将结束的前一天，男子和妻照例在清晨外出慢跑。然而沿着步道跑了一阵子，前面的树林之中，发出了不吉祥的响动。两人停了下来，继而看到两头棕熊守在步道中间。作为野生的熊类，棕熊远比黑熊更为可怖，体型更大，脾气也更加阴晴不定。两人在预订小木屋住宿时，就知晓公园里头有野生的棕熊出没，也好歹了解到遇到熊时应当怎样应对。

棕熊尚未将不远处的两人视作仇敌。或可谓之，棕熊对二人尚未产生兴趣。两人小心地慢慢后退，见棕熊并未追赶过来，于是好歹松了口气。步道仅此一条，两人只得原路返回。然而往回走了十分钟，却迎面遇见两位工作人员，亦即护林员。

"这边有熊啊！"护林员指着两人原本想要返回的方向，说道，"不能往这边走。"

"可是那边也有熊啊！"

经由护林员的建议，四人一同向着男子和妻遇见熊的方向而去。理由十分简单：护林员遇到的是成年棕熊以及幼熊。带着幼熊的母熊更加难以捉摸，倘使发起脾气，也更加凶暴。四人向前行进不久，即见到一头棕熊站在步道中间。另一头去了哪里呢？男子正在暗自思度，护林员已经走上前去，掏出了防熊喷雾剂。

熊大抵认得护林员的服装，抑或认得防熊喷雾剂，于是不情愿地让出了道路。岂料四人刚刚经过，熊就自他们身后，紧跟了过来。此时男子才看到，另一头成年棕熊，出现于他们前面不远处的林间，且身边带有幼熊。两只幼熊。

这下子四人无不陷入恐慌。遭遇两面夹击，与熊的距离到底太靠近了些，且有幼熊。任凭哪一个都是不好对付的情景。两边的熊开始向中间靠拢。纵使护林员有两位，防熊喷雾剂却仅此一瓶而已，当然无法应付眼前的状况。

花 与 鸭 嘴 兽

"离开步道吧！"男子提出了甚是冒险的建议。离开步道便失去了迅速逃离的机会，人类终究难以穿越紧实葱郁的森林或密草丛。然而惟其如此，才能够摆脱两面遇敌的境地。四人离开步道，向略为开阔的一侧行进，穿过草丛，才发现前面是一片沼泽地。看起来像是寻常的茂盛草丛，然而只消踩上，脚下就渗出水来。

　　"不妙啊，倘若陷入沼泽，就算熊乖乖回到森林里头，我们怕也没办法脱身。"

　　四人在沼泽的边缘犹豫起来。脚已经渐渐深入软乎乎的烂泥之中，然而棕熊一家——倘使果真是一家子的话——却在距离步道不远处，面对着沼泽里的四人，久久凝视。既不前进，也不退后。这期间，一头成年棕熊试图靠近来着，护林员举起防熊喷雾剂，如平日里演习的模样一般，做出驱赶的姿势。熊略一迟疑，到底退了回去。

　　这么着，四人和熊在沼泽边缘僵持不下。约摸两个小时之后，棕熊一家终归感到厌倦，意兴阑珊地退回到了丛林之中。护林员小心地靠近步道，确认熊已经远离此处。男子和妻终于在护林员的护送之下，回到了小木屋里头。

　　"全身无力，像是生了一场大病，能明白？"男子叹息道，"早饭没吃，午饭也没吃，我们两个洗了澡，换了衣服，躺倒在床上一直睡到傍晚。"

"够受的呀！"我附和道。

"晚上吃了一点东西，又睡了。第二天就要回去，可是麻烦来了。"

翌日清晨，陌生的车子停在小木屋门口。四位护林员（包括昨天的两位在内）前来造访。其中官员模样的一位，问了男子和妻很多问题。从哪里来呀，职业啦，受教育状况啦，预订房间的渠道啦，在公园的每日行程啦，离开之后将去向何处啦。有些问题，男子原本可以拒绝回答来着，但反正终究老老实实，有问必答。

"后来可又见到了熊？"

"没有。一直在屋子里。"

官员沉思了好一阵子，说了几句客套话，转身离开。剩下昨天共同面对棕熊的两个护林员。"后来出了乱子啊！"护林员之一说道，"公园有监控，然而并非哪个角落都有。这个知道的吧？重要的出入口才会安装监控。"

"乱子也罢，什么也罢，我们可是惊魂未定地一直待在屋里。"

"知道。不是你们，想必。"护林员继续说道，"简而言之，熊失踪了。并非全部失踪，而是成年熊失踪了。白天在那附近的林子里，看见了幼熊。我认得其中一只，毕竟彼此凝视了两个小时之久嘛，屁股上头带有特殊的花纹。幼熊独自游荡，被别的护林员遇见。然而成年熊失踪了。"

"这个季节的熊，不至于丢下幼崽，离开那么久。"护林员之二接过话来，"不能让熊伤人，但也要防止熊遭受伤害。毕竟是职责所在。哪里都找过了，也没有找到。"

"于是找到了这里？"男子机警地嗅到了不安的气息。

"例行问话而已。不是你们，这个我还是知道的。但总之那两头和我们对峙了好一阵子的熊，丢下原本应当尽心竭力照顾的幼崽，不知道去了何处。"

成年熊究竟去了哪里呢？男子毫无头绪，纵使胡乱猜测，也想不出哪怕稍显合理的解释。倘使我将这个故事讲给女儿，势必要绞尽脑汁，想出哪怕是编造的故事结局。家里头有小妖精，女儿当然并不相信，已经不再是相信妖精或者圣诞老人的年纪了。故而熊去了哪里，可并非小妖精能够敷衍了事的。

毕竟在这世上，依旧存有我们难以窥探的深渊。人类的知识尚未触碰得到，而深渊却时不时地向我们打开一道门缝。熊也罢，金鱼也罢，彩色马蹄莲也罢，连同我自己，都有可能在某个预想不到的时候，进入那一道黑漆漆软绵绵的门缝里头。

———————————

所谓彩色马蹄莲，实则是许多品种的统称。一如现代月季，并非某个物种叫作现代月季，而是许多月季品种，可以统称为现代月季。近些年来，彩色马蹄莲的常见品种，总有十余种之多，花色除却亮黄色、紫褐色、草莓牛奶般不甚浓郁的淡杏红色，亦有橙色、殷红色、白色、玫瑰红色，以及不同颜色组合而成的渐变种类。

归根结底，我曾经被人叮嘱来着：切记不要泡水，不要淋雨。第一年栽种时小心谨慎，然而发现只消花盆没有淹没在水坑里，块根并未遭受浸泡，就不至于出什么岔子。此后便大胆起来，将之放在花园中不易积水的位置即可。最终那些彩色马蹄莲如何失踪，我至今仍想不出答案。先是雨水浸泡，继而蛞蝓跑来大吃一通，倒也不无可能。但反正在此之后，虽然犹豫过好几次，我是到底并没有再次栽种彩色马蹄莲了。

喜爱还是喜爱的，只是丧失了精心养护的干劲儿。

彩色马蹄莲
（紫褐色品种）

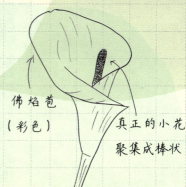

佛焰苞
（彩色）

真正的小花
聚集成棒状

彩色马蹄莲花序示意

在北美洲偶遇
黑熊，林子里
真的能遇到
熊！

植物小贴士　　*彩色马蹄莲*

Zantedeschia × hybrida

彩色马蹄莲可以看作很多园艺品
种的集合，常见的花色有黄色、
粉色、紫红色、紫褐色等，只不
过用来观赏的彩色部分并不是
花，而是花序外面包围着的"佛
焰苞"。

花与园艺家

自北京飞往西雅图的航班上头，我好歹醒了过来。脑袋里乱糟糟的，仿佛塞满了黏糊糊的七鳃鳗。起飞时的情形能记清楚，而后我看了好一阵子书。一本小说，大意是讲如何在边远之地建造动物园。书读到一半，困意袭来，我便关掉阅读灯睡了过去。经济舱的座位未免狭小逼仄，然而抱怨不得，只消想睡，总还是能够睡得着。

醒来后好一阵子，我都想不起自己身在何处。对了，在飞机上头。是否错过了用餐时间不清楚，已然飞了多久也不得而知。机舱里的空气厚重而浑浊，食品味儿，汗味儿，航空之用的毛毯味儿，这个那个，一股脑钻进鼻腔里头。灯光昏暗，正是空乘人员觉得应当令乘客睡眠的时间。我在心里盘算了一番，决定起身前往卫生间。

恰有一间无人使用的卫生间。推开门一看，不由得大吃一惊——卫生间里凌乱得过了头，宛如被独自关在家里的哈士奇犬大发脾气之后，一地狼藉的模样，地面、墙壁和马桶上头湿乎乎的，浸泡过

花 与 园 艺 家

的纸巾四下散落，台子上端端正正地放着一只空的泡面桶，面汤和渣滓残留在洗手池中，地面上扔着看不出种类的食品塑料包装，侧面投放垃圾处的开口，露出半只白色棉质袜子。

离开卫生间时，门口有一位中年女子。白人，金色长发一丝不苟地梳理顺当，很有教养的样子，站立在门口的过道一侧，固然睡眼惺忪，但穿着整齐得毫不含糊。见我自卫生间里出来，女子侧过身，为我让出道路，继而想要推门进入卫生间之内。

"那个，相当糟糕呢。"我对女子说道，并同时撇起嘴来，报以无奈的手势。

女子点点头，推了门。我听到身后传来此人的惊呼声。怕是这卫生间的糟糕情形，终究超出她所预想的范畴了吧。我也应当惊呼一下子来着，说来抱歉——或许清洁人员恰好尚未来得及打扫——这可是我见过的最糟糕的飞机卫生间了。

旅行途中难免要寻找卫生间，此乃重要之事，因而见识了各种各样的卫生间。在卫生间里头，时间的流逝似乎与外界不同，遇到乱糟糟的卫生间，便会觉得时间也随之凝滞，纵然想着"啊呀，快一点结束可好"，然而时间的流动偏偏变得慢而又慢。这么着，我开始观察卫生间之内的告示——或可谓之标牌——就此观察并认真思考时，不知不觉便顺利度过了卫生间内的时光。

也许有人在心里头想着："什么呀！告示那玩意儿，不是一样的嘛！"

然而并不是那么回事，各地的告示五花八门。例如怎样正确（或错误）地使用马桶，我所记得的就有十几幅画面，有些简直令人大开眼界。"嚯！竟然有人这样用马桶呀！我是从未想过。"那当然是错误示范，配以大大的红色叉子。在这些告示里头，最让我感兴趣的乃是何种物品不应丢弃在马桶里头。

经由各地的告示，我大致了解到了人类想法和行为的多样性。禁止丢弃在马桶里的物品，既然写在告示上，想必就是有人真个扔进去来着吧？瓶子啦，纸杯啦，杂物团啦，香烟啦，都是常见的禁止丢弃物。纸袋类包装，整卷的卫生纸，书籍和杂志，甜筒冰激凌，亦属禁止之列。在欧洲的火车上，我见过画着禁止丢弃鞋子（而且是高跟鞋）、袜子、外套的警示牌。还有内衣，何苦专门告知要禁止丢弃内衣不可呢？我是想不清楚。

金属物也禁止丢弃——易拉罐的出场次数较多，刀叉也时而被特意标明。至于手机啦，盆栽花卉啦，果真有人扔进马桶不成？我还见过禁止丢弃鱼类的标志，至于何人以何种目的，跑来公共卫生间里丢弃鱼类，委实让人百思不解。对了，也见过禁止丢弃唱片的标志，然而画的究竟是不是唱片，我是难以确认，说是甜甜圈也不为过，汽车轮胎则多少有些联想过头。总之是禁止丢弃某种环形物。

我也曾经相当困惑来着。"不是有好端端的垃圾桶吗？莫名其妙的杂物，扔进垃圾桶岂不皆大欢喜？"或许丢弃在公共卫生间的马桶里，此乃一时兴起所致？总之想着，啊呀，这东西尽快扔掉为妙，哪有时间去找什么劳什子的垃圾桶？马桶也罢鸭嘴兽也罢，扔在哪里都无所谓。唯有扔掉这一动作本身，才是关键所在。

我想象着爱吃甜食的青年情侣。甜甜圈恰好吃到一半，作为情侣之一的男子忽而肚子疼起来，大疼特疼，于是跑去卫生间。"莫不是甜甜圈上带有腹泻病菌不成？边上厕所边吃甜甜圈也不太地道呀。"于是把甜甜圈扔进马桶。贪图方便嘛，故而随手乱扔杂物，这样的人在哪里都难免遇到。

当然还是不要遇到为妙。我就是活生生的大受其苦的例子——倒并非我因打扫卫生间杂物而苦恼——眼见着各种杂物扔了一地，难免要抱怨两声。喏，我家住在一楼，窗外即是栽种植物的小花园，然而楼上的邻居隔三差五，就会扔下各种物品。打开窗子，一扔了事，那些杂七杂八的玩意儿，统统掉在我家的小花园里头。

最常见的是吸过的香烟。有那么几天，二楼的邻居开窗吸烟，吸个不停，前一天刚刚清扫完毕，第二天又扔下了六七个烟头。喂喂，你这家伙莫非蒸汽机构造的不成？忍无可忍之下，我将烟头统统捡了起来，丢在他家门口。自此之后，此君倒是不再丢下烟头了。可喜可贺。

然而楼上的邻居非此一家，扔下来的莫名其妙的杂物，也远非烟头可比。我所清理过的丢弃物，苹果核有之，荧光棒有之，火腿肠皮有之，泡面包装有之，破了洞的黑色长筒丝袜有之，手指头般粗细的螺丝钉有之，安全套有之，啃得不甚仔细的鸡骨头有之。有一次在花园里头，我还见到一个薄棉布包裹，里头塞满了经过水煮而膨胀起来的黄豆粒。落地时包裹摔破，豆粒散落出来，惹得周遭的鸟儿跑来争抢，唧唧喳喳好不喧闹。

也时常扔下来宣传册或海报。拜其所赐，附近超市的打折信息啦，儿童培训机构的课程售价啦，哪里新开了美容美发店啦，这个那个，我也获得了不少新鲜情报（然而大都无用）。有一次丢弃在花园里的，乃是哲学讲义。看样子是大学课程。倘若尚未搞清楚城市生活的公德规范，纵使研究哲学也罢，畜牧学也罢，鲱鱼罐头制造学也罢，总有些本末倒置的意味。

还有一次扔下来了打印在纸上的诗歌。现代诗，厚墩墩的一沓子。作者不清楚，读了两句，说是诗歌，因其长短错落分列于不同行列之故，倘使写在一处，就成了活脱脱的散文。眼下还是姑且称作类似诗歌的什么好了。生活之中满怀诗意固然美妙，然而对于楼下花园里的植物而言，还是不要诗歌为好。一沓子诗歌恰好扔在花盆里头，将刚刚发芽不久的幼苗压得喘不过气来。

"我呀，这下子倒霉喽！"牵牛花没好气地说道，"被诗歌砸到了脑袋瓜子。"

"那也是件浪漫的事呀，没觉得？"石榴发问。

"跟你说，浪漫也罢什么也罢，哪能写得出好诗歌？唯有苦难方能创造出绝世佳作！喏，这下子我是够苦难了，颈椎怕是错了位。我也能成为花园里的诗人了吧？"

倘使树木的枝条或叶片被杂物砸断，心疼固然心疼，但还不至于无可挽回。草本植物若是被砸上一下子，则难免呜呼哀哉。纵使已经长得足够苗壮，也还是难以抵挡掉落物的侵袭。我曾栽种了一大盆琉璃繁缕来着，满满当当一盆，一下子开出上百朵蓝色小花。

忽而有那么一天，好端端的一丛琉璃繁缕，被硬生生地分成了两半，这边一堆，那边一堆，中间是砸倒的植株，以及印有香肠品牌名称的真空包装袋。那盆花直至死去，也未能回到曾经团圆一家的模样。相比之下，纵使被高墙分隔两端，归根结底还是合而为一的联邦德国和民主德国，怕是要幸运得多。

比乱扔杂物伤害力更大的是猫。并非谁家养的宠物猫，而是流浪猫。在我家花园里头，刺猬也有，黄鼠狼也有，然而唯有流浪猫上蹿下跳，我行我素。曾有一盆花开茂盛的紫芳草，尚未长大之前，被楼上扔下来的橘子皮砸过，幸而并未留下后遗症，到了开花之时，热热闹闹开了一大丛。岂料有一天，花丛中间像是被谁踩出了一条小路。

不不，不会有谁跑过去踩什么小路。倘使真个有人去踩，其人也无非三四十厘米身高罢了，我则或许有幸成为现实存在的借东西的小人族的发现者。并非那么回事。花园里亦无莫名其妙的掉落物，这可让我大伤脑筋。紫芳草丛究竟为何分为两半了呢？

肇事者乃是一只橘色流浪猫。第三天清晨，我打开花园的栅栏门，橘猫正以埃及艳后般不无端庄的姿势，横躺在一只旧花盆上。花盆中残留着枯草，一如毛茸茸软蓬蓬的公主榻。见我进得花园，橘猫不情愿地起身，以轻巧的步伐跳上木质花架，踩过可怜的紫芳草花丛，纵身一跃，跳出围栏之外。

这里想必成了"猫道"。我将紫芳草更换了位置，找了盆仙人球摆放在"猫道"之上。旧花盆也清理了一番。橘猫依旧间或前来，只是不见了中意的床铺，难免心怀不满。然而我是没办法照顾它的心情。毕竟花了心思栽种的花，并非作为胡乱扔下的杂物的降落地，亦非流浪猫的卧室。不想被莫名其妙的东西所打扰呀。

"跟你说，"橘猫以懒洋洋的眼神凝视于我，像是给我某种忠告，"跟你说，楼上邻居如今尚未曾扔下猫来。你这家伙，应该庆幸哟！扔下猫来，活蹦乱跳的猫，那可要有你的好看！"

————————————

紫芳草作为花卉，如今固然常见，原本此物却是索科特拉岛的特有物种。索科特拉岛隶属也门，紫芳草何以跑出索科特拉岛，成为栽培花卉，个中缘由我不甚明了。总之如今在花市，紫芳草并非稀奇之物。恰好有人送了种子给我，这么着，就栽种了起来。

自种子开始栽种，起初幼苗生长得甚是缓慢。生长四五个月之久，才终于长成粗壮植株。花为淡紫色，圆滚滚的一大丛，数十朵乃至上百朵花同时开放。美好固然美好，只是气味相当奇妙。并非香气，亦非让人不快的臭气，说不清楚是什么味道，又不甚浓，然而确然有一种独特的气味。枝条也可扦插，只是终究不是多年生植物，等到彻底开过了花，结了种子，植株便缓慢——然而切实——地衰弱下去。在花园里头，需要进行人工授粉，才能获得种子。

　　紫芳草就是这么一种花卉。不不，问题不在花卉的种类，任凭哪种花卉都好，精心培育了四五个月，待到开花时，好端端地被踩上一通，都会令人不快的吧？道理倒是没办法和流浪猫说个清楚。

紫芳草植株

紫芳草的花，
雄蕊像弯曲的
小爪子，雌蕊
上翘

欧洲火车上
卫生间里的
提示牌

植物小贴士

紫芳草
Exacum affine

紫芳草原产于也门的索科特拉岛，如今则是全球各地花园里的观赏花卉了。花开的时候，散发出一种难以言说的气味，勉强算是花香，却让人无论如何喜欢不起来。哎呀，还是放在室外为妙。

不知被谁扔在小花园中的哲学讲义

夜里头在小花园中游荡的流浪猫

"我嘛，头发可是专门留着的哟！"

说罢，吴君将覆盖的头发掀起来，露出其下好端端的颈部皮肤。作为男士而言，诚然有人选择留起长发，然而吴君的头发并不能以长发称之——约摸仅有十厘米长罢了，却以恰到好处的姿态，覆盖住颈部，一如母鸡以其羽翼呵护雏鸡一般。

"之前就想过，若是阳光够劲儿，脖子是要保护的吧？"这么一说，着实令人钦佩不已。此刻我们正在阿尔卑斯山中的小径上，沿着山坡前行，不知是幸还是不幸，连续好几天都是晴天。太阳热辣辣地挂在山峰之上的天空，仿佛旧日校园里的篮球场上头，以随随便便牵引出的电线供给能量而在晚间发光的电灯泡。晴天固然令人拍手称快——倘使下雨，一切皆休，只能落得躲在房间里头大睡特睡而已，而若是想要大睡特睡，又何苦来什么阿尔卑斯山——但紫外线也相当猛烈，毫不含糊。

相较之下，马君则大受其苦。出发前不久特意剪了短发，清爽是够清爽，绝不拖泥带水，然而若想以此应付紫外线，则全然指望不来。人类何以进化为仅在头部生有密集毛发的样子呢？若是将山地大猩猩的厚墩墩黑黝黝的毛剃个干净（头部的毛就予以保留好了），怕也相当不好受的吧？惟其如此，服装成了必要之物，然而作为衔接处，颈部却难免受了冷落。

"防晒霜不行？"我问马君道，"脖子晒伤了哟，活脱脱成了螃蟹壳。"

"出汗呀，一出汗就没用了。每天都抹防晒霜，抹好几次，然而不成。"

忽而，我想起了旅行箱里还有一条备用的魔术头巾。问马君可需要那玩意儿，马君欣然接受。"洗干净的。倒是之前用过一下子，不介意？"那有什么可介意的。这么一说，我跑去拿魔术头巾。当天马君就将脖子保护了起来。任凭防晒霜如何高效，也不如用衣物将皮肤遮挡上嘛。

我是常年带着魔术头巾出门。随身带两个，一个套在颈部，另一个以环状戴在脑袋上，即略高于眉的位置，使之能够遮挡住额头。并非为了模仿什么《西游记》，与武士道啦信天游啦篮球明星的发带啦也全无关联。戴两条魔术头巾，无非为了防止出汗过多罢了。

多年前曾有一回，在台风来临前几天，跑去南方的山里拍照，闷热得要命，额头流出的汗水将照相机与闪光灯连接处的金属部分腐蚀得不成样子。回来一看，原本应当亮岑岑的部件，生出了许多诅咒般的锈迹。孔雀绿色，宛如身体检查时显现出的不三不四的异常物。不消说，只得拿去修理。自那以后，我就将魔术头巾一直带在身边。

常用的一对魔术头巾是黄色的，上头印有一条行车线路的地图，是自中国西南部出发，行至缅甸或越南境内。说来倒是抱歉，上头的具体内容，我一次也未仔仔细细完完整整地看过，仅将它作为花纹加以接受下来。头巾是十几年前我刚刚工作时，自公司免费领取的——应是公司与某汽车企业的合作项目，制作了一批头巾，数量反正超过了合作之需，于是内部员工得以每人领取两条。

何以始终偏爱这两条头巾呢？思来想去，大致是因为此头巾的质地更为柔软些。柔软，并且吸汗效果更好。后来也有过几条类似的魔术头巾，自己买的，或是参加活动时获赠的，质地无不给人以光溜溜之感，用起来不大顺手。倒是两年前，去参加另外一家汽车企业的活动，我临时买了两条新的头巾。我这个人，固然是够迟钝，但也不至于大摇大摆地头戴别人家的企业标志，跑过去招摇一番，一如身穿皇家马德里足球队的队服，在巴塞罗那的大街上做后空翻。

赠予马君的即是彼时新买的头巾。用过两天来着，之后洗干净塞进了旅行箱里。非只是马君，而后几天连我自己也将魔术头巾铺展开来，如面罩一般将脸颊和口鼻包裹住，以应对不期而遇的紫外线。说到底，积雪尚未融化干净的时候，正是紫外线不怀好意扑上来的季节。经了积雪反射，紫外线的强度大增。"几何学妖怪"阿基米德以镜子制敌，紫外线因积雪肆虐。故而太阳镜必不可少，魔术头巾也得以大行其道。

原本我是并无防晒意识之人，一瓶防晒霜——倒是国际知名品牌——过期了好几年，我却浑然不觉，偶尔抹上一下子罢了。去热带海滨倒是老老实实做了防护，但也着实被狠狠晒伤过好几次。因着自己并不十分留心，也就不至于热情地和同行人士说，喂喂，防晒是相当重要的哟，瞧你，紫外线那玩意儿可不好惹，再补上点防晒霜嘛。不至如此。是否曾经拖累了同行者则不得而知。

倒是拖累过家里栽种的植物。如今说来，委实抱歉，当时则全然未曾料想得到。春天里播种了旱金莲，以种子栽种，发芽的状况甚为喜人，幼苗也如溪流里的泥鳅一般，以滋溜滋溜的速度迅速成长起来。然而好景不长，在四月下旬的午后，我忽而看见旱金莲的叶子生出了枯黄的斑块。非只是斑块，一两天后，叶片的边缘也开始蜷缩着坏死起来，如同被火焰吞噬的塑料薄片。

"这个，莫不是被虫子咬坏了？还是感染了什么了不得的病菌？"我将叶子拍了照片，发给熟知植物病虫害的朋友。然而什么病虫害也不是，他说，不像是常见病虫害的样子，倒像是晒伤。

"可这家伙不是叫作'旱金莲'吗？明明叫什么'旱'，还怕晒伤不成？况且四月正是北京春日里舒服得不得了的时候呀，又不是黏糊糊的夏天。"当然这是强词夺理。找了书来查看，果然旱金莲是容易晒伤的植物。这么着，就不得不想法子为它遮阳。

买了黑色的遮阳网，用粗铁丝做了架子，将遮阳网固定住，又搭建了水平方向延伸出来的凉棚。一来二去，折腾了好一阵子，结果完工一看，委实称不上美观：仿佛被风吹起的黑色垃圾袋挂在了树梢。这是不得已而为之，我暗自对自己说道。原本想要制作遮阳伞来着，如同海滨沙滩上那般惬意的遮阳伞，弄成如今这副难看的样子，这里头，自有种种样样的情由。

然而美观也罢，不美观也罢，旱金莲好歹得以继续生长。焦枯的斑块和蜷卷消失不见，代之以不甚鲜亮的绿色叶片，也开了花，总之自从搭建了不如意的遮阳凉棚，便再无晒伤之忧。

"这黑乎乎的，是个什么玩意儿？"

有一次，路过我家门前的老妇人问道。是小区里头寻常可见的老妇人，独自一人跑去买菜，回家途中对凉棚产生了莫可名状的兴趣，于是凑上来细看。恰好我在花园里头忙活，于是就过来搭话。

"这个嘛，遮阳的。"

"遮阴？"

"遮阳。唔，遮阴也对。反正是一档子事儿。"

"还挺娇气。"

经老妇人这么一说，我也替旱金莲心生惭愧。毕竟在我这里，一无树荫，二无山石，唯独窄小的狭长状空间罢了。想在此处栽种，只得为之遮阳——亦可称遮阴——除此之外别无他法。待到我为园子里的植物分头浇过水，拔除杂草，适当加以修剪，如此忙碌完毕，我对旱金莲说道："还挺娇气，说你哟！"

蓦地我想起了一位中学时的同学。男生，初中三年级毕业那年，和他父亲一起，自北京骑自行车去上海。父亲老家在上海，之所以骑自行车，乃是父亲作为对儿子的一种磨练，故而提出的想法。既然父亲开口，又不讨厌骑车，干脆应了下来。于是父子二人就此上路。

"跟你说，知道什么事是最麻烦的吗？"此君终于抵达上海，而后搭乘火车返回北京，与我说起这段行程时，不无郑重地问，"告诉你，一是大腿内侧，喏，这里，磨得不成样子，二是晒。"毕竟不是专业自行车手，彼时民间也未流行什么长途骑行，买不到像样的装备，又缺乏相应的指导。以为靠决心和意志力就可以完成旅途。

"那怎么办才好呢？"

"怎么办？出发第二天，两只胳膊都晒脱了皮。毕竟是七月，晒得要命。长袖的衣服固然有，穿上又热，不透气。我们就跑去买丝袜。喏，那种肉色的长筒袜。我爸让我一个人去买，我就跑到商店里问，可有丝袜？售货员拿来尼龙的短袜。我说不是，我要那种长筒的。"

我想象此君的模样，想必尴尬得不行。其父亲也定然能够猜到这一情形，惟其如此，才令他独自去买的。此乃磨练。至于对本人而言，这是不得已而为之。给售货员解释了一通，晒伤的手臂也给看过，好歹将丝袜顺利买到了手，此后大凡晴天，此君就将丝袜套在手臂上，用以防晒。

"也有舞蹈袜，白色的。不过还是肉色丝袜好一些。便宜，透气，远远看去，不至于怪里怪气。"

想到此处，我看了一眼旱金莲上头的凉棚。幸而所选用的遮阳网是黑色的。若是白色或者肉色，谁知道经由此处的路过者，会在心里头想些什么呢。"这肉乎乎的，还挺透气！"老妇人应当不至于如此和我搭话。

——————————

旱金莲乃是原产于南美洲的植物。第一次对此花倾心，是我在四川西部赶路的途中。距离折多山口不远处的路边，司机停车休息，我自车窗里向外头看去，一户人家的墙头上，栽种着一丛茂密的旱金莲。植株垂下来，开了二十余朵花，金灿灿的令人羡慕不已。然而没时间拍照，司机抽罢烟，上车就走。毕竟是赶路。

开始搭建花园的第一个年头，我就迫不及待地播种了旱金莲。长圆形的种子，带有条形纹路，浸泡后埋在土里头，无需多费心思。叶子初生时圆乎乎的，一如微缩版的荷叶，怪不得名叫旱金莲！每天注视着它们一点点变大，亦是种花的乐事所在。

西方将旱金莲的花拿来吃，我从前并不晓得。去美国时第一次品尝来着，有浅淡的芥末味儿。吃也未尝不可，但不至于让人迷恋。然而特意搭建了凉棚的那一盆旱金莲，我却终究没能吃到。被虫子啃了个干净，花也罢，叶子也罢，统统啃得一丝不剩。凉棚影响通风，

　　　　　　　　花　与　鸭　嘴　兽

因而长了红蜘蛛。我外出了一星期之久，待到回家来看，红蜘蛛已经啃得天昏地暗——头盘啦，主菜啦，早已过了那个时候，只剩下甜点还没吃完，便是到了这个地步。遮阳和通风难以兼得，于是精心搭建（然而不甚美观）的凉棚只得拆除。

若有些许树荫，我是很想再种一盆旱金莲的。或许应当先要栽种遮阴的树木。

旱金莲的健康叶片

旱金莲幼苗的新叶，看上去像两只手

旱金莲晒伤后的叶片

植物小贴士

旱金莲
Tropaeolum majus

旱金莲原产于南美洲，开花不但可供观赏，在西方也把它的花拿来食用。拌在沙拉里头，说是有一点点芥末味。（不过我是没能明确地品尝出来，再说，何不直接吃芥末呢？）

努力开花的旱金莲

阿尔卑斯山上，我和我的魔术头巾

夜里两点时，我听到窗外传来响动。

"楼上又扔下来了东西不成？"说来，时而自窗口向外扔垃圾的邻居，委实令人无可奈何。我住在一楼，窗外有个狭窄的小院子，楼上扔出的垃圾，反正最终都会掉落在院子里。啪嗒，啪嗒。何苦扔个不停呢？又不是怀有洁癖的浣熊。

然而细听那声音，却又不像掉落物的响动。持续杂乱之后，传来短促而尖利的嘶叫。咔咔咔咔！说是说不好，像是什么兽类，但不同于寻常兽类的叫声，这里面包含有某种让人全身不快的摩擦感。硬要找个恰当的词语来形容，唔，可知道二十世纪八九十年代时，学校里的玻璃黑板？粉笔时而在黑板上打滑，发出吱吱扭扭声，只消听到，脖子后头必定冒出冷汗来。就是混杂着那么一种给人以不快感的叫声。

我拿起手电筒，出门查看。这一看可不得了，只听得唰啦唰啦，自小院子的围墙内侧，有什么东西逃窜开了。两个黑影，一个逃向与我相反的方向，另一个则在我的手电筒光照所及的范围内。我追上去，忽而看到两只白晃晃的眼睛，毫无顾忌地凝视于我。

是小兽。除却眼睛，仅能看出其大致轮廓。体型不大，形状则是长条形，说是大半根棒球棍也未尝不可。有爪，但看不真切，尾巴也被遮挡住了。总之那双眼睛凝视了我两三秒钟，继而整个身体如流畅的曲线一般，快速钻向了某处。

"曲线？"妻问我道，"什么曲线？"

"可记得读书时学过的三角函数？就是那个。正弦曲线。"我以手势比划出那种线条。

"哪有三角？看你这个，就是鳗鱼。"

小院子里自然不至于有什么鳗鱼。兽的身份，我大致能够猜得出。天亮之后，向研究兽类的朋友张君请教一番，果然，昨夜的小兽应当是黄鼬，亦即民间所谓的黄鼠狼。"在这小区里头，黄鼠狼是有，可是在夜里闹腾什么呢？"

"打架吧，"张君答道，"秋天嘛，到了黄鼠狼出窝的季节了。"

说是年轻的黄鼠狼业已成年，只得离家出走，寻觅自己的地盘。若是遇到对手，难免要大打特打一架。"喂喂，这里是我先来的哟！""你算老几，给我让开！""瞧你，怕是不知道我的厉害吧？""这么说，是要打一架喽？"于是一边嘶叫，一边打将起来。所谓青春就是这么回事，谁还没在年轻的时候打过架呢？

关于黄鼠狼的青春，从前我是不知道。狐狸倒有所耳闻。小时候母亲就给我讲过，小狐狸到了成年时，就会被母狐狸轰出窝去。"嘿，你都这个岁数了，整天在家里待着，像个什么样子？给我走吧，爱去哪里就去哪里！"应当比这个严厉得多。总之小狐狸只得自己觅食，自己抢夺地盘。若是遇到另一只青年狐狸，打架在所难免。

人类倒是不至于为此苦恼。或可谓之，并不至于所有的人类，都要按照动物的方式存活。喏，继承家业者也不在少数的嘛。教育的方式林林总总，对别人的选择指手画脚，可并非明智之举。抱着脑袋从家里滚出来的年轻人有之，与父母相守一处的年轻人有之，任凭哪一种，都有各自的情由。"喂喂，秋天到了哟，可不能在家里头安稳地待着啦"，并无这样那样的统一规定，又不是狐狸或黄鼠狼。

幸而人类也罢，动物也罢，都能够凭借自身之力移动到别处。想要挪动，总还是有法子的。若是对一株梅花说道："哎，跟你说，小孩子可不能一直赖在家里哟，要让它外出闯荡！"梅花幼苗也不至于拔腿就走。可不是想走就能走得了。植物当然也为此努力来着，果实啦种子啦能传播到别处固然是好事，但往往难以如愿，连抱怨也说不出口。

我曾在北京郊外的一片松树林里头，见到刚刚发芽的松子。幼苗长得甚是可爱，新出土的叶子约有十几枚，顶端都包裹在种壳里——彼时尚未将种壳脱掉，倒是根已经扎入土地中，叶子不安分地试图伸展开来，只是尚未挣脱种壳的束缚——看上去如同打蛋器的模样。打蛋器可知道？由许多条纤细的钢丝构成，顶端相连，用以将蛋液打得均匀。总之松树的幼苗，就是这么个玩意儿，带有松脂清香味儿的微缩打蛋器。

"喂，我是不是踩坏了幼苗呀？"在松林里头，脚下的幼苗渐渐多了起来，我犹豫着要在哪里落脚。"怕什么，踩就踩嘛，尽情地踩好了，像超级玛丽踩乌龟一样踩，也不至于有什么不妥！"与我同行的学长全不在意，"跟你说，这些幼苗，百分之百活不了！"

毕竟松林的密度已够高了。成年的松树遮天蔽日，幼苗纵使发芽，一来光照缺乏，势必导致营养不良，二来并不能拥有足以生长的空间，所以发芽倒是发芽了，过不多久，便会呜呼哀哉。说可怜固然可怜，但反正产生松子的松树父母，此刻顾不得后代的存活。

除非森林里头发生意外。有大树遭遇不测，轰然倒下，空出来的地盘，才有可能被幼年的树苗补上。那些刚刚发芽的幼苗，心里头没准正在思度："来呀，谁都行，来搞一场大破坏嘛！雷劈也好，虫子大军吭哧吭哧啃噬也好，偷木材的伐木者也好，弄倒几棵大树吧！不然我是活不下去了呀！"如此看来，反倒是狐狸或黄鼠狼的家庭更温馨些。

在海南岛我也造访过天然的龙脑香林。说是龙脑香，实则只是与龙脑香近似的种类，叫作坡垒。坡垒的果实带着翅膀，自高处的树枝落下，便如螺旋桨一般旋转，若有风吹来，就可能飞向别处。飞到哪里都好，只要远离大树即可。

不少树木的果实或种子，都带有种种样样的翅膀。单翼也有，双翼也有，总之能飞多远，就飞多远好了。惟其如此，才有可能寻着适宜生长之地。黄鼠狼打架的小院子外头，栽种了好几株元宝枫，果实也同样具翅，但树下反正没有一棵元宝枫的幼苗得以苗壮成长。或许两只血气方刚的青年黄鼠狼打完架，一起躺在草地上，即会发生如下的对话：

"喂，你下手可够狠哟！"

"彼此彼此嘛。说来也是迫不得已，谁让我们天生是黄鼠狼来着？"

"那是。生为黄鼠狼当然抱怨不得，总好过元宝枫，飘去哪里也找不到容身之地。"

如此说来，连我也想对黄鼠狼说，嗳，若是喜欢，在小院子里住下也未尝不可呀，只是小心不要踩坏幼苗，不要打翻花盆。院子里时而有刺猬，有猫，有各种鸟类，多上一只黄鼠狼也不至于如何苦恼。元宝枫则不成，随风飞来的种子，榆树啦，臭椿啦，柳树啦，只消发芽，就会被我拔个干净，元宝枫也不例外。种子还是飞远一点为妙。

———————

京郊前去探访的松林，以物种而论，乃是油松。油松这种树嘛，结不出可供人类食用的那种胖乎乎油腻腻的松子——外头带着硬壳，里面味道香喷喷的，这样的松子结不出。世上的松树分为两类，一类能够产出大而美味的松子，一类不能。前者依靠动物帮忙传播，松鼠啦，鸟类啦，把松子埋在某处，之后就有可能发芽。后者则依靠风，松子又瘦又小，也带着薄翅，从松果里掉出来，风一吹，就飘去某处。油松的松子即是后者。

此处的油松林是天然生长，还是人为栽种，这倒不好说。似乎颇有争议。总之树林密度够大，树也高，枝杈将日光遮挡得严严实实。幼苗全然无机可乘。倒是有人将松果捡回家去，挑选出种子来播种了，将年幼的树苗当作盆景观赏，说来自有趣味。盆景松树苗注定无法长成参天大树，但总好过即刻死掉。倘使以油松幼苗的立场选择，是愿意一辈子禁锢在逼仄的花盆里，还是默默在山林里稍纵即逝，还真是难以决断呀。

刚刚发芽的油松幼苗

油松的球果和
其中的种子。
种子有薄翅，
可以借助风力
传播

植物小贴士

油松
Pinus tabuliformis

油松在城市里常见栽种，只是松果
却没有人摘来吃——松子太小，毕
竟是可以凭借风力传播的，太大太
重可不好办。再加上有鸟喜欢去吃，
于是油松松果往往是个空壳而已。

夜里遇见的黄鼠狼，总是
滋溜一下子，就窜向了不
知道哪里去

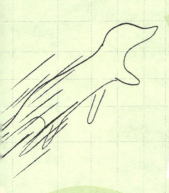

元宝槭（俗称元宝枫）果实为翅果，
也可随风飘飞

小花园里夜间活动的黄鼬（黄鼠狼）

我说，要等到天气多冷的时候，才应当穿秋裤呢？

"秋裤？从来用不着那玩意儿！"听到这样的答案，我也愧疚起来。倘使住在南方，云南啦，广东啦，确然用不着秋裤那玩意儿，然而此君却和我一样，冬季在北京度过。说冷也是够冷的。约摸几年前，在初冬时的办公室里头，我已穿上了厚墩墩的毛衣，此君却只是身着短袖衬衫。"热呀，暖风够劲！"我们两个之间，想必相差了一整个季节。

然而大多数身在北方之人，大约还是需要秋裤。我是只消天气刚刚转凉，穿在身上不至于出汗，就会将秋裤翻找出来。从前穿的都是那种近似内衣式的秋裤，或是棉花糖般的灰白色，或是没滋没味的淡蓝色，也有如同三十年前小学教室里头公用抹布那样的脏兮兮的深蓝色。依靠带有弹性的松紧带作为裤腰。穿得久些，裤腰的松紧带便渐渐老化，不至于不能穿，只是有点邋遢。读大学时还穿这样的秋裤来着，委实害怕被其他学生指指点点："喂，瞧那家伙，穿的什么秋裤，土里土气的！"

后来好歹用棉质的健身长裤，来当作秋裤了。纵使直接穿在外头，也无非如同在街头慢跑的中老年人一般，不至于被人当作特殊癖好者看待。不地道是多少有些不地道，正像刚刚剪过长毛的拉布拉多犬，众目睽睽之下走过软蓬蓬的羊群。

"什么嘛，这么早就穿秋裤，你哟！"从前在办公室里头，也被人这么说过。倘使有一项罪名，叫作什么"因缺乏对抗严寒之决心而早早穿上秋裤继而丢了人类的脸面罪"，我怕是首当其冲。幸而自古至今，全世界哪里也找不出这项罪名来，汉谟拉比法典里没有，自由宪章里也没有。既然如此，何以要被人说三道四呢？

倒是从前流传过这么一则故事。说是在二十世纪中期，苏联科学家李森科——姑且以科学家称之——对斯大林说道："唔，秋裤这东西，送给中国人可好？"倒并非心怀善意，而是为了保住西伯利亚的大片国土。"基因这东西，说到底也是懂得偷懒的，如同又精明又警醒的三花猫。倘使中国人习惯于穿秋裤，过上五六十年，就是想脱也脱不下来了。"李森科颇为自信地解释道，"能明白？基因已经变得不能没有秋裤了！受不得一点风寒，靠什么和我们争夺北方的领土？"于是秋裤成了苏联人送给中国的礼物。

　　　　　　　　　花 与 鸭 嘴 兽

说是故事，因为自始至终我并未看到过真凭实据。或许是如今的什么人凭空编造出来的也未可知。只是一度流传甚广，在不同场合，听不同的人似模似样地说起过好几回。到了冬季，卖手套的商家有之，卖围巾的商家有之，卖那种戴在头上活脱脱像是狗熊一样的大皮帽的商家有之，凭什么偏偏卖秋裤就能赚那么多呢？继而有人小声嘀咕，喂喂，就不能编个故事，说秋裤这玩意儿是什么人的阴谋吗？于是有人躲在黑漆漆的角落里头，大编特编起来。究竟何为真实，问问李森科自然一清二楚，可惜无法去问。

　　秋裤能不能改变基因，我这个外行人自是无话可说，但那故事里的阴谋本身，就好像闷热的夏天里头不小心被丢弃在脏衣篮里放了两个星期的腐烂发霉的葡萄。说是阴谋，因着其中算计的并非简简单单的某个时刻，而是试图以黑漆漆的心思，将更为长远的未来搞得一塌糊涂。

　　非只人类，花也罢，树木也罢，总有些植物也能够使出不地道的手段。高山杜鹃林下草木稀疏，番茄难以和其他作物混栽，花菱草的幼苗太过密集便会害死同伴。但若说有谁能做到李森科那般思虑深远不近人情，我想，一种叫作印楝的树木势必榜上有名。

此树生于亚洲热带地区，看上去其貌不扬，花不甚鲜艳，果子也不能吃。然而印楝的分泌物——称之为印楝素——却是对于蚊子的诅咒。卵不能孵化，蛹无法变为成虫，纵使勉强变化成功，也往往落得个畸形。若是因院子里头的蚊子大军而苦恼，栽种上几棵印楝，实乃明智之举。

类似的法子也用来对付切叶蜂。近两年在花园里栽种月季，总是遇到切叶蜂。比寻常的蜜蜂略大些，胖嘟嘟的模样，看上去莫不如说有些惹人喜爱。只是那家伙会把月季的嫩叶，咬出规规矩矩的大半个圆形，将切下的叶片卷起来抱走。简直像是糟蹋果园的猴子。

对付切叶蜂并无十分有效的办法。说是这种昆虫具有强迫症，只消将它切过的月季换个位置，切叶蜂一看，就气呼呼地想："哼，费了那么大力气，才选中了一棵又漂亮又美味的月季，怎么不在这里了？可真气人呀！"而后便灰溜溜地离开。倘使如此，结局当然皆大欢喜，但我遇到的切叶蜂，反正不会轻言放弃。一如纠缠不休的示爱者，纵使换了手机号码，搬至新的公寓，对方也能够锲而不舍地找上门来。更换了月季的位置，切叶蜂依旧在花园里转来转去，直到选中新的目标为止。

又不能整天蹲在月季旁边，拿着捕虫网守在那里。因此纵使歹毒，也只得向切叶蜂的后代下手。切叶蜂抱走叶片，带回巢穴里头放好，将卵产在叶片旁边，切叶蜂宝宝孵出来——此时只是肉乎乎的虫子模样——就以这叶片为食。我专门买来杀虫药剂，给月季浇灌下去。药剂被植物吸收，并将药性扩散到枝叶里头。

切叶蜂宝宝孵化出来，一睁眼，看到身边就是香喷喷的食物。"爸爸妈妈到底能干呀！"宝宝衷心地赞叹，"尽管吃好了！"然而吃罢不久，切叶蜂宝宝的肚子疼起来。疼得翻天覆地，疼得死去活来。过不多时，切叶蜂宝宝便死在了堆满食物的阴森森的房间之中。

大受切叶蜂之苦后，我是真真切切期盼这个法子得以奏效。翌年初夏，果然未见新的切叶蜂来访，我正要拍手庆贺，岂料好景不长，盛夏时分，切叶蜂到底还是来了。哪里来的不清楚，总之一觉醒来，去花园里一看，月季的叶子上头又出现了规则的圆形缺口。有没有切叶蜂宝宝呜呼哀哉不清楚，但反正新的切叶蜂照例来此大切特切。

唉，用秋裤改变基因，用杀虫剂对付切叶蜂，都不是那么容易的呀。

倒是初冬时节，在日本东京的街头，我是亲眼见到穿着中学制服的女孩子们，两腿光溜溜的。秋裤没有，其他什么长裤也没有。

她们莫不是全然不怕冷？纵使十二月的东京不如北京那样冷冰冰的，可也是会下雪的季节哟！

"哪能不怕冷呢！"

在日本生活了好一阵子的朋友回答。冬季不穿长裤，是否能够改变下一代的基因，使之增加耐寒性，其结果不得而知。但若说是一种风俗，倒是并无不妥。学校的制服即是如此。人类只能管得了自己的心思，至于基因怎样打算，那是无能为力之事。

"也有人是为了好看嘛，顾不得了。再说也有车。倒并非人人都穿成那个样子。若是没人在乎你的打扮，谁还不晓得多穿一点？"

这番话令人心悦诚服。故而就算被人笑话也罢，怎样也罢，我是早早就把秋裤穿上的。毕竟膝盖怕冷，非但穿秋裤，还要戴上毛茸茸的护膝才行。既非需要漂亮打扮的年纪，亦非需要漂亮打扮的身份。花园里的月季也需保暖，用暖烘烘的棉布（倒不是秋裤）包裹严实，待到翌年春日，才能再度展现漂漂亮亮的身姿。

若能栽种印楝，我是很想试试看。可惜印楝只能生长在热带，

而我不至于为此而举家搬到热带居住。说是楝树和川楝也有灭蚊之效，只是比不上印楝那样强势。楝树在北方倒是也有栽种，春末开紫白相间的小花，深秋结黄色的果实。果实腐烂时有些臭烘烘的气味。

在楝树周遭可有蚊子来的？我是记不清了。有没有呢？过去的大学校园里就有楝树，只是那边不常过去，毕竟楝树又叫苦楝，谁又乐得在读大学时围着"苦恋"团团转？记忆里头只有一次深秋，我跑到楝树下捡果子，树下有两只野猫，满怀恶意地凝视了我好一阵子，老大不情愿地走开了。蚊子没见到，毕竟是在深秋，早已乖乖穿上秋裤的季节，室外哪里都已不见蚊子的踪影。

棟树春季开的淡紫色小花

月季的叶

切叶蜂来袭之后的叶片

切叶蜂抱着切下来的叶片

植物小贴士

棟
Melia azedarach

棟树在春季开花，果实到秋季成熟，片、果实等部位都含有毒素，因此叶是不可以食用的。幸而棟树的果实味纵使被人误食，也会立刻吐出来，不于接连不断吃个没完。鸟倒是会咬破核吃果仁，咔嚓咔嚓，毫不含糊。

深秋时节的楝树果实

楝树的果核硬
邦邦的，有人
拿它制作手串

说是可以诱捕切叶蜂
的工具，虽然挂在花
园里头，不过叶片还
是时而被蜂切掉，着
实令人头疼呀

在加德满都，我和妻跑去一家临街的餐厅吃尼泊尔菜。说是尼泊尔菜，实则乃是改良过的尼泊尔式西餐。彼时正值新婚旅行期间，刚刚抵达尼泊尔时，为我们预订酒店和车票的卷发青年——自然从中收取了相应的手续费——介绍道："喏喏，这家嘛，是大众餐厅，那边的街上是贵些的餐厅。"我们前往"大众餐厅"吃过一次午餐，露天的院子里，多少有些树荫，鸟儿懒洋洋地停落在无人的空桌上。看上去倒也不坏。

然而在"大众餐厅"就餐的经历仅此一次。食物便宜，分量也足够，吃罢并未腹泻，唯独可选择的品类令人摸不着头脑。菜品分为鸡肉类、牛肉类、蔬菜类和豆类，然而任凭哪一样，无不浸泡在黄灿灿的咖喱酱汁之中。大约是尼泊尔式咖喱，味道和寻常的咖喱有些微妙的差别，黏稠度也稍逊一筹。并非吃不惯，然而只消一想到今后的每一天都要与此为伴，就不禁头疼起来。

"可有不带咖喱的食物吗？"我问餐厅的服

务员。

"不要咖喱？"服务员以卷舌音浓重的英语回答，"白米饭，这个没有咖喱，能行？"

这么着，我们只得跑去"贵些的餐厅"。此刻临街的餐厅位于二层小楼之上，木质窗棂上雕有花纹的窗子敞开，恰可俯瞰外国游客聚集的热闹小巷，颇有闹中取静的意味。刚刚开始用餐时，因着限电之故，轮到餐厅所在的区域停电，于是一名小个子中年男子——此人身兼老板、服务员、收银员和电话接线员数职——送上镀银的烛台和两支蜡烛。餐品是番茄炖牛肉和鹰嘴豆泥。大凡不添加尼泊尔式咖喱，任凭什么菜式都好。

吃罢，我和妻付过账单，起身离开。小个子老板恭敬地点头致意，对我们说道："阿里嘎叨（ありがとう）！"喂喂，何以蹦出带着卷舌音的日语出来？我傻乎乎地愣了一下子，继而同样向他点头，以中文回应说："谢谢！"

"噢！噢！谢谢！"小个子老板也同样将日语换作了中文。

"他莫不是把我们当作了日本人？"我问妻道，"可是他会说中文的吧？"

"会说一句嘛，一句。"

"还是说，我们在他眼里头，看起来不像是中国人，而更像日本人？"

岂料在几天之后，位于加德满都郊外的一座庄园里，我再度被认错了一回。庄园的午餐乃是自助式，我手端托盘，排在队伍之中，尚未轮到我取用食物，忽而听到身后有人以硬邦邦的英语问道："请问，呃，请问你的国籍是什么呢？"

"中国。"

"我说，原来你是中国人呀！"对方即刻换作了中文。我这才得以打量提问者的模样：此人约摸三十五六岁的年纪，女子，个子不高，身着未免太过花哨的外套，卷发，嘴角挂以职业性的微笑。"我嘛，以为你是韩国人来着。啊，或者是日本人也说不定。看起来相当，唔，相当严肃的样子。"

经由交谈，得知此人在尼泊尔为本地年轻人讲授中文。问她何以觉得我是韩国人抑或日本人，她倒是毫无顾忌，对我说道："中国游客嘛，总是讲话很大声，到处走动。总之给人以，呃，那么一种感觉啦。像你那样规规矩矩端着盘子，站在队伍里头一动不动，少见呀！"

倒并非中国游客统统都是这副模样，但反正在彼时加德满都的本地人心里头，总留有类似的刻板印象，或多或少。回想起被小个子老板以日语道谢，个中缘由怕也是如此。

我倒是全然和什么礼仪模范毫不相干，只是单纯地厌恶大声吵嚷罢了，觉得傻气。讲话客气些也不至于因此而罹患急性肠炎。由此之故，大凡与人说话时，我总是习惯于采用礼貌用语。"你呀，说话办事何苦那么客气！"曾经的公司老板——我也毕竟在公司任职过来着——边摇头边说道，"有时候客气不得！能明白？该发火时也是要发火的，说脏话也未尝不可。"

倘使发火或说脏话确然有效，我也不至于拒绝。然而彼时所面临的境地，乃是发火也罢，什么也罢，统统于事无补。听得进去的人自然心知肚明，听不进去的人，脑袋里头只想着怎样把钱装进自己的口袋里，同时培植党羽，排除异己，费尽心机设下圈套。说到底公司这玩意儿，到哪里都少不得这些不三不四的勾当，一如全世界的抽水马桶都没办法当作手术台。

"客客气气地说话，也可以狠狠地下手哟！"我在心里想着，当然并没有说出口。

若有所需，便犹豫不得。关键并非决心，而是方法。我是因此

花 与 鸭 嘴 兽

而大受苦头来的。在小院子里开始种花的第一个年头，初夏时节，白粉虱成群结队地冒了出来。对于是否需要农药、选取何种药品、怎样喷洒，这个那个，我是全然一无所知。这么着，听说将洗衣粉溶于水中，也可防治虫害，便依此操作起来。到底有没有效果呢？反正那一年，无论牵牛也好，瓜果类也罢，统统被白粉虱啃个精光。植株枯萎，花没开成，果子自然也不见踪影。

故而我好歹明白了其中的道理：应及时选用正式的药品，而非民间流传的偏方。此乃方法失当之故。这么着，开始栽种月季之后，面对红蜘蛛的侵袭，我当即下定决心，去购买专门对付这种小虫子的药品来。

"红蜘蛛嘛，若是刚刚出现时，以橘子皮泡水喷上去就好了呀！"被人这么一说，我也多少动心。毕竟橘子皮相比于药品而言，非但便宜，而且唾手可得。通过网络购买的药品尚未送达时，怀抱着姑且试试看的心思，我开始配制橘子皮喷雾。

"啊呀，家里头哪有橘子呢？只有芦柑。芦柑能行？"妻这么一说，我觉得也未尝不可，芦柑和橘子毕竟乃是近亲。妻又从角落里头，以豚鼠交出珍藏的果仁般依依不舍的神情，找出一小瓶橘子香味的精油来："橘子没有，橘子味儿倒是有的，这也给你用吧。"

总之芦柑皮泡水后加以橘子香味精油的混合液体，姑且被我拿来，对付初成气候的红蜘蛛。

也有人坚决抵制药品，说是讨厌农药。非但讨厌农药，亦不喜欢化肥。自家栽种植物时，肥料即是浸泡得看不出模样的烂鱼头，以及发酵后散发出甜腻腻的酸味的牛奶，至于虫害，则干脆来个眼不见为净，在视力可及的范围内，以水冲洗掉即可。"莫不是在种菜，自己摘来吃？"这么一问，对方回答，并非种菜，而是栽种观赏花卉。反正不喜欢农药和化肥，觉得以农药和化肥培育出来的花朵，纵使美滋滋的，也是虚假之物。

奉行环境友好宗旨，我是不具有对此说三道四的资格。遇到虫害就用水冲掉，对环境而言确然友好，但在虫子看来，无非是毒物和高压水枪的差别罢了。其人还曾不无郑重地问我，哪里能买得到螳螂和瓢虫。"买虫子也行，买卵也行，喏，你不是认识昆虫学家吗？"我到底为难起来，昆虫学家也不至于对外出售螳螂，正如并非每一位植物学家都会贩卖马铃薯和火葱。

"螳螂也不至于安分守己地待着吧？飞到别处去怎么办呢？"我善意地劝解道。

"那就再买嘛！总之在我这里，害虫太多的话，螳螂也愿意过来吃饭，没觉得？"

"这个我是不清楚，毕竟没有学过螳螂心理学。"

"对了，螳螂能飞？"此人后知后觉地惊呼起来，"螳螂不是蹲在树枝上，一边吃虫子一边慢吞吞地爬行吗？螳螂也有翅膀不成？"

我想还是不要涉足太深为妙，因而找个借口，结束了对话。纵使有哪位昆虫学家乐得出售螳螂，我也不愿为此大费周章。烂鱼头、慢吞吞地爬行的螳螂和维护世界清洁的爱心，哪一个也与我不甚相符。然而不成。过了数日之后，此人再度问我道："橘子还是芦柑，你用过的吧？那玩意儿能行吗？"

"橘子皮喷雾？"

"对对，那个可有效？买不到螳螂，在想别的法子。橘子什么的，可有效？"

"有没有呢？"我陷入了短暂的沉思，"总之喷过之后，小院子里飘荡着香喷喷的橘子精油味儿。散步时由此经过的路人，倒是赞不绝口。"

红蜘蛛归根结底是被后来好歹邮寄到货的农药杀灭的。既然对方厌恶农药，不提也罢。

─────────────

如今栽种的月季，大都算是"现代月季"，亦即杂交而成的观赏品种。反正大凡亲自栽种月季之人，总免不得与红蜘蛛较量一番。毕竟是月季花的常见虫害。倘使位于通风处，红蜘蛛总还不至于大行其道，而若是在憋闷的房间里，只消一不留神，此类小虫子就会光临，一边吸食月季的汁液，一边繁衍子嗣，生生不息。

"自身带有橘子气味的月季，可能预防得了红蜘蛛？"如此说来，还真有哪个种类，开花时散发出橘子汽水般的味道来着。然而就我观察，纵使让月季们纷纷泡上一通橘子浴——即在浴缸里头扔进去一大筐橘子，现实之中有没有橘子浴不清楚，柚子浴是有的——也难以对抗红蜘蛛的势头。"今天的早饭，味道可着实不怎么样啊！"红蜘蛛们边吃边交谈起来，"那是，带着一股莫名其妙的橘子味儿！但也只得勉强吃下肚去啦。饿着肚子可是什么也做不成的哟！"

相较于红蜘蛛，还是猫更厌恶橘子的气息。

　　　　　　　　　　　　花　与　鸭　嘴　兽

据说喷了橘子皮水，可以在叶片上形成保护层

观赏月季，品种名叫"果汁阳台"，开花倒确然有橘子香气

所谓红蜘蛛，实则是叶螨，而且有数种之多，总之是让养花人头疼不已的家伙

在加德满都吃的尼泊尔式西餐

说是现代月季，乃是许许多多观赏月季园艺品种的统称，而并非某个特定的种类。总之街边栽种的月季啦，家里的小盆栽啦，花店里作为切花的"玫瑰"啦，它们中的绝大多数都是现代月季。

植物小贴士　　**现代月季**

Rosa × hybrida

"喂喂，这么着可不行！我来教你！"

在阿尔卑斯山中一家小餐馆里，老猎人咔哒咔哒走过来，和我讲起了用餐礼仪。说是老猎人，实则此人乃是小餐馆的经营者，餐馆以野味著称。之所以有野味出售，是因他本身持有狩猎许可。在秋日的狩猎季——仅两个星期而已——按照规定的份额，猎得马鹿啦岩羊啦羚羊啦（倒是应当称作臆羚），兽皮鞣制妥当，挂在餐馆的墙壁上，肉则腌制起来。

然而打一开始，老猎人就似乎对我抱有成见。哪儿来的成见不清楚，或许因我吃蘑菇过敏，不能享用他的值得夸耀的蘑菇酱炖肉，抑或是我自进得餐馆以来，即以相当随意的姿势坐在椅子上头。"什么呀，那人！活脱脱一摊果冻！以这等姿势坐在餐桌前，莫不是瞧不起我这小餐馆不成？"总之原因并不知晓，但老猎人不喜欢我，这点多少看得出。

头盘撤下之时，因我的餐刀和叉子随意放在盘子里头，老猎人便上前说教起来。"这么着可不行！喏喏，若是吃完了，刀和叉子要摆放在右手边。此乃用餐礼仪，能懂？"说罢，大约是觉得如此说教亦有些过火，老猎人不无勉强地笑笑，说道："唔，在中国不常用刀和叉子吧？我知道，中国有万里长城，可是没有岩羊。"

诚哉斯言，在中国我是不常用刀叉，西餐礼仪也不懂得，说来委实抱歉。然而此地并非意大利或法国的高级餐厅，在山里头淋着雨走了一整天，我是再无余力应付什么用餐礼仪了，只想将整个身体塞在椅子里头，化身为悬浮于南太平洋海域中的硕大水母。继而主菜端了上来，是先经腌制又用酸滋滋的红酒炖熟的极咸的鹿肉。别人倒是在吃蘑菇酱炖肉。坐在我对面的张君，仅以右手拿着叉子，对付盘里的主菜。管他什么劳什子的用餐礼仪呢！

此后我才知晓，非但炖肉，通心粉也罢，焗蔬菜也罢，烤鱼啦牛排啦，这个那个，张君无不以一把叉子将其统统解决。一如海皇波塞冬。我到底知晓应当左手持叉，右手持刀，左右弄错固然时而有之，但不借助两把餐具，总难将食物处理妥当。若是不用牛排刀，何以将肉撕裂成足以吞咽的大小呢？反正张君以叉子和牙齿就能做到。盘子里头空空如也，刀却从未碰过。

有一次用错了刀来着。侍者误将面包刀当作了牛排刀，以此切肉的感觉，唔，大约如同火烈鸟穿着弄错尺码的雪地靴，蹚过阿拉斯加冷冰冰急嗖嗖的溪流。"不好意思，牛排刀在这里！"侍者将正确的刀送上来时，张君已然将牛排吃掉了一半。一把叉子足矣。此等技能令我由衷钦佩。

"中国人呀，有筷子就行啦！"谈及此事时，有人故作轻松地对我说，"喏，叉子和筷子差不多嘛，不觉得？"觉不觉得姑且不论，亲自一试便知，仅用一把叉子吃上十天西餐，怕是够受的。

挑选适宜的工具，从前我是不甚在意。"能用就行了嘛，何苦花上五倍十倍的价钱，去买个什么专用工具呢？"毕竟也不至于天天吃牛排，面包刀固然不够称手，买上一把牛排刀放在家里头，总觉得有些小题大做。牛排刀用不上，雪地镐用不上，为六弦琴调音之用的音叉也用不上。然而一旦开始亲自动手种花，工具之事就不得不认真考虑。

为地面翻土时，拿着看似精巧的迷你铲，注定一事无成。不骗你，那些迷你园艺工具，大都是为了小孩子胡乱玩上一把，或是为了拍照时看似美妙而存在的。少许做旧的铁质铲子，刷着复古的蓝黝黝的外漆，木质手柄的花纹满怀考究感，但这玩意儿归根结底，连一点土块儿也挖不动。小孩子拿去海边挖沙子自是够用，但反正我手持此等迷你铲，长叹一声，决定去买切实可用的工具。

这么着，看似粗犷的大铲子也有了，沉甸甸的锄头也有了，翻起土地来，总算得心应手了些。然而好景不长，对于工具的全新需求总在不知何时冒出来。春日一过，杂草繁茂到了难以想象的程度。只是周末出门两天，回来一看，一片绿油油的杂草如举家搬迁而至的蟑螂一般，塞满了各个角落。需要除草器。好歹应付了杂草，夏日里头树苗也来凑热闹——并非刻意栽种的树苗，而是自说自话一般长出来的树苗。柳树和榆树的种子被风吹来，桑树、构树则要靠鸟类的粪便。望着那些不请自来的树苗，我仿佛听到风吹过的声响，以及鸟类排泄时的动静。噗嗤。

树苗不同于杂草，顽固程度简直可与脚气相提并论。若不连根拔除，便会没完没了。外出旅行一阵子回来，构树已经长到了五十厘米之高，叶片厚墩墩地展开，一副挑衅的模样。纵使将枝茎剪断，过一阵子，又会死灰复燃般地生长起来。简直无穷无尽。

还有臭椿。每年都有臭椿的新苗，毕竟果实依靠风吹，轻易就会从哪里飘过来。明明拔个干净，岂料过上一阵子，又会从原地冒出头来。"臭椿嘛，除非彻彻底底连根拔除，不然是不好办呀！"经人这么一说，我也发起愁来。外星人占据地球，臭椿树占据花园，纳粹占据波兰，任哪一个都不是令人开心之事。

去年偶然遇见了"拔根器"——正式名称叫作螺旋起草器，啰嗦是够啰嗦的——即如同红酒开瓶器般的工具，下头是金属螺旋结构，上头配以手柄。旋转着拧到土地里头去，向上用力拉拽。呼啦一声，整个小树苗都能拔出。"不得了呀，"我暗自感叹，"果然要找到合适的工具才行。"纵然一年用不上几次，但反正需要之时，总能派得上用场。

亲自动手尝试一番，才明白使用"拔根器"的要领所在：那需要很大很大的力道。将螺旋装置拧进土地里头无需费力，然而一旦与树苗根部纠缠在一处，向外拔出时，所需的力道总是超乎想象。仅凭臂力向上拉拽，往往徒呼奈何，我是琢磨了许久，才想出来一条妙策：背向树苗的方向，将"拔根器"的把手放在身后，大约靠近臀部的位置，如同耕牛抑或骡马拉车的姿势一般，抓紧把手，向前行走。姿势是莫名其妙，然而此乃最容易使出全身力道的方法。

可惜"拔根器"亦有无可奈何之时。藏在石缝里的臭椿树，终究如雨后急匆匆的蘑菇一般，吭哧吭哧长了起来。金属螺旋装置无法拧到石缝之中，那里就成了庇护臭椿树的天堂。有些木本植物就是如此让人头疼。"怎样才能彻底除去花园里的凌霄花呢？"前些日子，有人问我道，"根在地下四处蔓延，除也除不干净。早知如此，我可绝不把它栽到地上！"凌霄花也好，臭椿树也好，都是相当麻烦的植物啊！纵使有了适宜的工具，到头来也有无法做到之事。一如我每每回想起阿尔卑斯山中的老猎人，牛排刀是给了我来着，鹿肉则到底又酸又咸，瘦肉纤维也硬邦邦的，仿佛在啃鞋刷子。这是无论怎样讲究餐桌礼仪，规范地使用刀叉，也无从更改之事。

————————

臭椿的果实若是仔细看来，仿佛略有些扭曲了的眼睛的模样。种子即是眼球所在，两侧直到眼角，则是又轻又薄的滑翔装置——植物学里头称之为"翅"。风一吹，由翅携带着种子，能够轻易飞去某处。偏偏臭椿又极顽强，倘使放任不理，就会自顾自地长大。我家老宅楼下，曾有一棵臭椿树苗来着，我读中学时，那树约摸长到三层楼高，如今则已到了六层楼，成了树荫浓郁的一棵大树。

然而一旦生根，想要除去一棵臭椿，其难度近乎等同于水熊虫登上火星。今年春日，我在北京临着国子监后墙的院落里头，听一位朋友抱怨了许久。她将院子租了下来，打算改造为兼具花园功能的客栈。然而二层楼上，可以眺望国子监院落的位置，有一棵臭椿无论怎样砍伐，过不多时，新叶都会生出来。树干与老墙融为一体，无法连根拔起。委实无法可施，唯有隔上三五日便去剪枝。"到底是臭椿嘛！"抱怨完毕，我们两人一同喟叹。

三层楼窗口的臭椿树

拔根器（正式名称是
螺旋起草器）

在阿尔卑斯山中
吃的牛排

植物小贴士

臭椿
Ailanthus altissima

臭椿的果实成熟后，变得干燥轻盈，可以随风飘飞。果实的形态是扭曲的，所以飞在空中的时候会不停旋转，看上去很有艺术天分的样子。只是臭椿幼苗长得飞快，又难除掉，实在让人喜欢不来。

尚未成熟的臭椿果实

臭椿的成熟果实，轻飘飘的

老猎人的小餐馆

嗡嗡之声忽而响了起来。大响特响。倒不至于十分吵闹，然而只消一响，整个房间就随之颤动，墙壁啦，门窗啦，桌椅啦，床和浴缸也不能幸免。颤动轻微而顽固，我的脑袋也随之颤动，仿佛在耳膜之内聚集了一窝金环胡蜂，正以不安分的频率扇动翅膀。

"喂喂，这房间可是有点不妙呀！"

我在电话里头，向宾馆前台一通抱怨。过不多时，身着黑色西装的经理模样的男子前来敲门。"是这个声音吗？"男子竖起耳朵，以猫头鹰般不无困惑的表情，听了好一阵子，"不好意思哟！这个声音是电梯间发出的。给您带来不愉快，十分抱歉呢！"毕竟是位于台北市中心区的宾馆，服务毫不含糊（价格自然也毫不含糊）。男子即刻安排，为我们更换了房间。新房间概无噪音，嗡嗡声没有，嘎吱嘎吱声也没有，报喜鸟吊钟般的咔哒声亦不存在，可谓普普通通的宾馆房间。

"但是没有大浴缸了呀！"进入新房间里，女儿不开心地说道。

"那是，没有大浴缸了。"我附和，"可是有大浴缸的房间，没办法待在里头呀。"

诚然我也喜爱更加宽敞的房间，况且还有附带灯光和水压按摩效果的闪亮亮的双人大浴缸。然而那没完没了的嗡嗡声，却无论如何忍受不来。我这个人呀，对于某些噪音毫不在乎，另外一些声音却敏感过头。水流声啦，风声啦，海浪声啦，雨声啦，这个那个，在我听来无非背景音乐罢了。有一次住在海边，一觉醒来，只见一同前往的摄影师满脸困倦，说是听着海浪声，无论如何睡不着，终究只得买来一对耳塞，将耳朵彻底堵住了事。我则毫不在意，真个有海浪声不成？第二天夜晚特意聆听，果然有海浪，以不紧不慢的节奏唰啦唰啦地拍击沙滩。拜其所赐，我倒是更为轻易地陷入安眠。

至于带有旋律或词句的声音，则让我大受困扰。倘使想要顺顺当当地写一点什么，小说也罢，日记也罢，诗歌也罢，纵使是日常问候式的邮件，只消耳畔响起音乐、歌曲或什么人的对话声，我就一个字也写不出。仿佛脑袋里头有个开关，乐曲或话语响起，只听得咔哒一声，开关关闭，原本应当写出来的文字就被囚禁在黑漆漆的地下室里头，动弹不得。

持续的震动声更是让人苦不堪言。吵闹是不甚吵闹，然而反正一刻也无法忍受。台北市中心区的宾馆里头，电梯间发出的嗡嗡声即是此类。我和妻女一同旅行，下了飞机，住进宾馆，正想着要美滋滋地睡上一觉，岂料就遇到了这样一档子麻烦事。"也不怎么吵吧，这个？"妻这么一说，我唯有落得叹息不已。她与女儿对于此类震动声，都算不得神经敏锐。"嗡嗡什么的，好像有一点点，倒不至于有多严重。你呀，这是神经衰弱了吧？"

　　是啦是啦，想必是我神经衰弱。

　　约摸四五年前，有那么一阵子，每到午夜十二点之后，我家卧室的房间里，就会传来类似的嗡嗡声。更加轻微，用耳朵近乎听不清楚，然而震动感却切实地透过墙壁和床，带动房间里的空气。嗡嗡！呜——！嗡嗡！呜——！嗡嗡嗡嗡嗡嗡！彼时我恰好罹患感冒，以为是发烧把脑袋烧出了毛病。

　　"听不见呀！嗡嗡声没有，呜声也没有。"

　　妻听不见，也全然感觉不出，而我即使已经退烧，却依旧能够感到嗡嗡声和震动感。每到午夜时分——倒并非刚刚超过十二点整，不是灰姑娘的南瓜马车那种严格守时的玩意儿，有时是十二点五分，有时是十二点十四分，十二点二十八分也有来着——嗡嗡声便即响起。纵使我以枕头蒙住脑袋也罢，戴上隔音耳塞也罢，震动感却依旧如技巧高明的推销员一般，经由意想不到的缝隙钻进来，任凭怎样也无法摆脱。

并非谁家的空调或洗衣机，亦非暗藏在隐秘角落里的地下室装置。最终我不得不抱起被子，跑到客厅沙发上头，才算得以勉强入眠。嗡嗡声与震动感，仅发生在卧室里头，说来委实莫名其妙。我逃离卧室，妻和女儿却在嗡嗡作响的房间里大睡特睡，毫不在意。这么着，在客厅沙发上睡了两个月之久，忽而有一天，卧室里的声音和震动感消失不见。一如拖着长尾巴跑到太阳旁边到此一游的哈雷彗星，现身之时惹得满城风雨，一旦离去，连一丁点儿痕迹也不曾留下来。

嗡嗡声不至于在哪一天卷土重来吧？我在心里头暗自思度。

房间在一楼，莫不是在整座楼的地底下出了什么岔子不成？我好歹调查了一番，问了居民委员会，问了建筑相关部门，哪里也查不出头绪来。然而推测总还是有的——凌晨五点时，卧室里响起了轰隆声，震动感与彼时的嗡嗡声不无相似之处，一看列车时刻表，正是首班地铁经过此处的时间。

花 与 鸭 嘴 兽

"地铁线路上的夜间施工啊！"听罢我的描述，相关人士私下里对我说道，"说来抱歉，然而改变不得，唯有忍耐。能明白？整个区域里受此困扰的仅你一人而已，说来你是够敏感的。"

明白是一回事，是否忍耐得住，自是另一回事。奶牛喜爱交响乐，鸡不喜欢摇滚乐，然而奶牛也罢鸡也罢，都不具有选择权，听或不听，听什么样的乐曲，全然挑剔不得。倘使是野生动物，听到闹哄哄的声音，好歹能够逃离，若是被关在畜栏抑或鸡舍里头，则只好全盘接受。如此说来，无法即刻搬家的我和无法钻出鸡舍的鸡，可谓同病相怜。

植物则更是无从选择。读中学的时候，生物老师在课堂上说："哎，你们可见过植物遇到不如意时，就跑去别处的吗？'这里可太干旱了呀！'大白萝卜一商量，还是换个地方吧，于是自己把自己从土里头拔出来，蹦蹦跳跳跑到河边，再把自己栽进地里头去。喏，这倒是方便省事了！"因而植物唯有忍耐，干旱也罢，淹水也罢，嗡嗡声和震动感也罢，纵使厨师手持尖头厨刀和砧板，跑到菜地里来亲自挑选，大白萝卜也不至于拔腿逃窜。

如此说来，从前我是看过这样一段采访来着。小学生所做的"科学实验"——虽然姑且称作科学实验，自有其不够科学之处。只见穿戴整齐的小孩子面对摄像机镜头，以死板过头的语调，背诵起早已书写好的台词："唔，在我家里，种了两棵番茄。每天，我都会向一棵番茄说夸奖的话，向另一棵番茄说批评的话。结果听了夸奖的话，那棵番茄结的果实更多，另一棵的果实很少，味道也不好吃。所以番茄喜欢被人夸奖。"是不是原封不动的话语，我是记不真切了，总之大意如此。

这个真的是科学实验不成？质疑者大有人在。我倒是很想问问看，喂喂，你是怎样夸赞来着？对着番茄说，哟，你可真是棵漂亮的番茄呀，比水蜜桃和保龄球都要漂亮三点五倍！或者说道，你呀，真是生在了好时代呢，喏喏，阳光明媚，空气清新，若是赶上恐龙灭亡那时候，怕是够你受的。至于批评，是否指责番茄长得又矮又笨，花也开不利索，果实歪七扭八，教了好些日子依旧不会进行四则运算，蛙跳和广播体操也做不来，诸如此类。

至于植物是否能够听到声音，所谓的"科学实验"里并无讨论。小学生想必也无从论起。此类声情并茂的报道，或可谓之哗众取宠的行为艺术，倒是时而能够看得到，豌豆爱听轻音乐，马铃薯喜欢周遭播放森林里的风声和鸟鸣，月季花不喜欢吵闹的音乐——活脱

花　与　鸭　嘴　兽

脱是"鸡不喜欢摇滚乐"的植物版本嘛!

长久以来,我对此类说法始终不屑一顾。植物哪有心思听什么声音呢!岂料前一阵子,看到一则报道说,以色列特拉维夫大学的科学家,竟然真个发现植物能够发声。烟草和番茄原本即会发出微弱的超声波,倘使遭受干旱侵袭或者折断根茎时,超声波则变得强烈而尖利。既然会发声,那也自然能够感受得到声波吧?

"你这家伙,一天到晚总是吵吵闹闹,何至于!"一株烟草抱怨道,"渴了就等着下雨,大喊大叫可是越叫越渴哟!"

"没办法呀!要渴死了嘛!"烟草二号高声喊道,"就没有谁来帮帮忙吗?"

"可是够烦人的!"烟草三号也加入进来,"挨着你这个不老实的家伙且不必说,先是哪家子没完没了地装修,电钻嗞啦嗞啦响个不停。装修施工时间不是有规定的吗?从早到晚,周末也不停,真是够受的!天彻底黑了也安静不下来,汽车喇叭啦,狗吠啦,广场舞曲啦,这个那个,吵得地覆天翻。"

"还有空调的外置机!"其他烟草也过来搭话,"风扇嗡嗡转个不停,一到夏天,简直成了百万空调大合唱。旁边那几棵番茄也委实够呛,一棵整天美滋滋的,说什么'我被夸赞了哟,我才是世界上最棒的番茄哟',另一棵就知道哭哭啼啼！"

"听说还要给番茄播放摇滚乐呢！真是活不下去了啊，安静一点不好吗？"

"果真是摇滚乐？小夜曲也就罢了，摇滚乐可喜欢不来！"

烟草们如此这般，持续不已地释放出超声波来。或许此后，五年，抑或十年之后，香烟生产商也会打起烟草聆听声响的主意？"此乃聆听摇滚乐生长起来的烟草呢！"香烟广告如此说道，"吸烟有害！听摇滚乐倒是不坏。"轻音乐香烟、交响乐香烟、圆舞曲或进行曲香烟、播音员式一级甲等普通话香烟、伦敦音香烟、双语教学香烟、京剧香烟、乐亭大鼓香烟……品类种种样样，纷纷摆上货架。

彼时莫不是同样能够见着交响乐牛奶或者无摇滚乐纯天然鸡肉不成？

———————

烟草原本产自南美洲，除却叶片得以制作香烟，烟草花也颇为娇艳。在欧洲的花园里头，作为观赏植物登场，这里那里栽种上几株，此乃寻常之事。也有专门培育出来用于赏花的烟草品种。烟草自身亦借此时机，四下扩张起来，如今世界各地的热带地区，大凡曾经栽种过烟草，田地之外就难免见到野生的烟草植株，堂而皇之地混在杂草之间。

至于植物发出超声波，新闻报道我是看了，科学论文却尚未拜读。说是以色列科学家认为，飞蛾或许能够听得见烟草所发出的声响，由此判断哪株烟草足够健康。"这棵嘛，也太吵闹了，想必快要完蛋，可不能在它的叶子上产卵哟！"蝙蝠亦可探听烟草之声，由此作为追踪飞蛾的证据。烟草发声，飞蛾产卵，蝙蝠捕食，活脱脱的"螳螂捕蝉黄雀在后"嘛。说是这么说，然而仍需要更多的深入研究。蝙蝠的话语尚未解读得出，飞蛾的聆听方式也概无详解，烟草啦番茄啦，何时才能精准翻译得出它们的言语，乃至与之对话呢？我怕是等不到那一天喽。

烟草的植株（有硕大的
叶片）

种植烟草的农田

烟草花是淡粉红色的，
细看之下倒也美妙

植物小贴士

烟草
Nicotiana tabacum

纵使烟草花再优雅美丽五倍，也还是会被栽了，用来收割烟叶。作为花卉而言，相比高大过头的植株，花终究稍小了些。花园里栽种更多的，乃是烟草的近亲，一类名叫"花烟草"的赏花品种。

在台北居住的酒店旁边，巷子里看到的壁画

被地下传来的"嗡嗡"声所困扰时，只好
戴上硕大的耳机，才能勉强入睡了

"请问，这辆列车上可有冥想车厢？"

坐在我对面的法斯托先生优雅地微笑起来，轻轻摇了摇头。

我是从未体验过所谓的冥想。自己的脑袋总会思考具体而详实的事物，这样那样，想个不停。游泳也罢，跑步也罢，在飞机场里头等待登机也罢，纵使一个人躺在医院黑漆漆冷冰冰的检测台上，只消有一点点空闲，脑袋里头总要思来想去。故而在行驶的火车上冥想，究竟是何种感受，我倒真个想要尝试一番。

可惜并无冥想车厢，甚是遗憾。法斯托先生——其人乃是瑞士交通系统某部门总监——介绍，瑞士的火车设有多种特别车厢。这么着，作为例子而提起冥想车厢。"归根结底，设有冥想车厢的车次并不多。若是想要不被打扰，可以去静音车厢。唔，事实上，有不少人在静音车厢里冥想。"

"至于两者的区别嘛，"法斯托先生略一停顿，优雅的微笑随即浮现出来，"你可以在静音车厢里冥想，也可以做其他事，不声不响即可。而冥想车厢里仅欢迎冥想者。"

所谓静音车厢，即身处其中时，禁止发出不必要的声响。禁止交谈，禁止使用发出声音的电子设备——连耳机也禁止使用——禁止其他可能弄出嘈杂声响的动作。"说到你们作家嘛，用电脑键盘输入文字不行，敲击键盘声会影响他人。但可以看书，轻轻翻页，慢吞吞地读一本书。实际上，在静音车厢里看书，是件惬意的事呢。"法斯托先生想必在哪里产生了误会。或许被人告知，这几位中国人里头，有人是相当了得的作家，故而他将所有人都当成作家看待。

至于其他的特别车厢，倒是易于理解。家庭车厢内设有儿童游乐器械，木马啦，大型拼插玩具啦，滑梯也有。自行车车厢可以放置自行车。滑雪车厢则适宜放置滑雪板和雪橇。我们搭乘的列车除却普通车厢，与众不同者仅有家庭车厢，我还专程前去观看来着。滑梯毫不含糊，四五个小孩子玩得不亦乐乎。倘使这群小孩子在其他地方吵闹起来，势必如同窗明几净的博物馆里，硬生生地飞入一群吵闹的喜鹊，喳喳喳地叫嚷不停。让他们在家庭车厢抑或喜鹊车厢里叫嚷，真乃明智之举。

"若有'作家车厢'就好啦，可以邀请你们搭乘。"法斯托先生以不无轻松的笑话，结束了关于瑞士火车车厢的介绍。

"那个，说来抱歉，"我还是决定道出真相，"同行人员里头确然有作家，然而并非全部。喏，我呀，就不是哪门子作家。"

　　"那是我搞错啦！"法斯托先生爽朗地笑起来，"您是从事哪方面的工作呢？"

　　"硬要说的话，是植物方面的工作吧。学过植物学来着，花呀，草呀，树呀，总之与植物相关。若有专属的植物车厢，我是很乐意深入了解一番。"

　　不消说，没有植物车厢。荷兰的火车上有无植物车厢不得而知，反正植物在瑞士搭乘火车，并无特别对待。纵使瑞士的植物爱好者数量相当之多，但总不至于多过喜爱奶酪之人。若说到阿尔卑斯民间风俗，奶酪势必占有一席之地，然而火车上也没有奶酪车厢。想要在车上进食，奶酪也罢，硬邦邦的法棍面包也罢，风干的火腿肉也罢，在普通车厢食用即可。

　　车厢内允许进食，且并无食物种类的限制。说也奇妙，纵使食物里头少不得洋葱或香辛料，车厢里也嗅不到刺鼻气味。或许气味早已混为一团也未可知，毕竟奶酪与热乎乎的羊毛靴子内侧的味道，原本便相差无几。然而倘使当真有人搬运植物搭乘火车，纵然气味比不上汗涔涔的羊毛靴，也想必难以称作美好怡人。

前一阵子我刚刚为水缸里的睡莲翻过泥土。睡莲那玩意儿，块根埋在黏糊糊紧绷绷的黑泥里，因供氧不足，泥中散发出不吉祥的气味。并非腐朽，亦非单纯的臭味，而是有生命的物体经由长时间水浸之后，渐渐肢解所散发出的不吉祥气味。摆弄黑泥时我总要戴上口罩，若是那气味残留在屋子里头，则难免影响晚餐的食欲。故此，倘使有人将睡莲连同黑泥一道带进火车车厢，遭人忌恨在所难免。

肥料的气味也小瞧不得。在我小时候，附近邻居栽种了一架葡萄，说是葡萄吃荤，不然不结果，因而隔三差五总能见到此人在葡萄架下，埋入鱼尾和鱼内脏。邻居家里头必定经常吃鱼。我曾为此羡慕不已来着。直到几年之后才得以知晓，此人总是跑到市场上去，从鱼贩那里讨要处理过的边角料。起初支付一丁点费用，后来混得熟络起来，钱也不必给了。只是腥臭得要命，葡萄架下成了野猫的聚集场所。

除却鱼尾和鱼内脏，葡萄也隔三差五享用蚌肉。河蚌蚌壳内的肉块。夏季跑到河边去，若是运气不错，便可在浅水处捡拾到河蚌。种葡萄的邻居则潜水打捞。附近不远处河流也有，湖泊也有，在水面深吸一口气，钻入水中潜至水底，就可捞得到大个头儿的河蚌。

比河边捡到的要大很多，足有两三个巴掌大。敲碎蚌壳，将里头的肉块埋在葡萄架下，此乃夏季时的特有景象。

肥料充足的年份，葡萄确然结出许多果实，成熟时——要在即将成熟前夕摘下，以防鸟雀前来哄抢一空——甜滋滋的，附近的小孩子赶在摘葡萄时前来，就能分得几颗。帮忙捞过河蚌的小孩子，还可以带上一串葡萄回家。

如今纵使能够买得到毫无异味的新型肥料，液体肥啦，颗粒肥啦，营养土啦，但带有臭味的肥料，却始终未曾消失不见。不不，甚至更加受人追捧。我是喜爱赶在春日翻盆换土时，在花盆底部撒上发酵鸡粪——灰褐色的土壤状，有时也会结成颗粒，但大体的手感还是大大小小的土块儿。与女儿一道种花，轮到撒鸡粪时，她总会皱着眉头撅起嘴来。

"这是处理过的鸡粪哟，不臭呀，闻闻看？"

"不要。"

"那，闻闻我的手。"

说罢我将抓过鸡粪的手，忽而凑到女儿面前，她惊叫起来，蹦跳着躲在一旁。得以用便宜的价格买到发酵鸡粪，我不禁感叹商业的繁荣与科技的突飞猛进式发展。喏，三十年前葡萄架的味道，如今我还依稀记得，相比之下，装在编织袋里送货上门的发酵鸡粪，简直如同赫拉克勒斯带回人间的金苹果。

故而瑞士火车倘若真个打算弄出什么植物车厢，我嘛，倒有个简单易行的法子：在车厢门口放上一袋子处理妥当的发酵鸡粪，列车员守在鸡粪旁边，携带植物登车者，要将植物（以及栽种植物的土和养料）散发出的气味，与发酵鸡粪对比一番。

"唔唔，这个呀，相比之下实在不值一提，上车好了！"

"你这个嘛，可有点难办啊。和发酵鸡粪不相上下。也罢，这回就让你上车去吧，下次可不能弄出更糟糕的气味了哟。能明白？这次乃是破例而为。"

"这个不成！怎么也说不过去！简直如同新鲜鸡粪掉进了并无检疫合格证书的乱糟糟的猪圈里！不成不成，若是让你登车，车厢里的其他植物难不成都要戴上防毒面具？"

然而那势必大大增加登车所需的时间。法斯托先生引以为豪的瑞士火车的准时性，可能因此而大打折扣。"我自办公室赶过来，时刻关注着时间。喏，在发车时间前十秒钟登车，就不至于耽搁。列车嘛，既不至于晚点，也不会提前发车。这点自信总还是有的。"

更为随性而不守时的火车，在世界上的某些国度也还是有的，法斯托先生自有其自信的资格。若是设立了发酵鸡粪检测法（姑且名之），总难免惹出麻烦的吧。

更麻烦的是羊粪。听说羊粪作为肥料，效果要超过鸡粪数倍，我便买了一袋子羊粪回来。然而打开袋子的时刻，腐朽的泥土味儿，污秽的下水道味儿，未经清洗的大肠味儿，行将变质的奶酪味儿——或可谓之热乎乎的羊毛靴子内侧脱离汗涔涔的脚掌后残留的潮湿味儿，各种气味混在一处，自袋子里头迎面扑来。

这可是相当够劲儿啊！我迅速将袋子的开口封住，丢在花园的角落深处。纵然真个设立了植物车厢，乘车守则也务必加上一条：不可将刚刚施以羊粪肥料的植物带上列车。

"请问啊，羊可以登车吗？"正在我胡思乱想之际，同行者之中有人问道，"牛啊马啊怕是不成，毕竟块头儿太大。可有羊车厢？"

"羊也不成呀。"法斯托先生答道，"羊不能搭乘客车。专门运送牲畜的列车另当别论。唔，那个，狗可以搭乘客车。说来，宠物都可以搭乘，只消专门购票即可。然而火车上头通常能见到的宠物只有狗。"

允许登车的狗，必须经过专门面向犬只的学校培训，合格者方可搭乘公共交通工具。在瑞士的火车上，我也曾见过几次乖巧过头的狗，趴在地上一动不动，如同丢弃在地的毛绒玩具一般。毕竟是学校毕业的狗呀！我不由得真心叹服。就搭乘火车而言，狗被允许购票，羊不成，规则如此。作为肥料的羊粪当然无论何时，也不得在车厢里摆弄。

种植葡萄固然需要施肥，然而也有无论怎样施肥，果子就是不够茂盛的葡萄。与我旧日里的住处同在一个小区中，小径拐角处的人家，也栽有一架葡萄。藤如手腕般粗细，枝叶在夏日一如遮阳伞般茂密，只是不结果，纵然挂了果，也是一副懒散模样，稀稀拉拉，无法唤起人们的食欲。

"鱼头鱼尾，哪顿也没少了它呀！"葡萄主人叹息道，"葡萄比我家猫的伙食更胜一筹，就是不结果，当真无可奈何！"

多年之后我才知晓，葡萄非只需要肥料，也少不得阳光。强光照射之下，才更容易结出甜美的果子。拐角人家的葡萄架，前后皆有房屋的阴影，仅在上午十点之前，才能勉强享受一些直射的阳光。光照可是无法用吃鱼来替代的，鱼不成，扇贝或龙虾也于事无补。

二十年后（抑或三十年，记不真切具体的日期）那架葡萄终于被人连根挖去了。老房子卖了出去，新主人横竖对葡萄架喜欢不来，索性一挖了之。结果子也罢，不结也罢，反正此后再无人因葡萄的收成不佳而苦恼不堪了。

我在院墙边的葡萄

葡萄的花

葡萄藤与葡萄初开的花

植物小贴士

葡萄

Vitis vinifera

葡萄也有品种之分——既有易于养护果实累累的品种，也有不怎么喜爱结果的品种，味道当然也彼此有别。倒是有人只为了观看藤条和枝叶编织的浓荫，果子全不在意，这倒是另一码事了。

瑞士的登山火车

瑞士火车上的家庭车厢

花
与
旅
途

"请问，您要喝点什么呢？"

第一次乘坐飞往欧洲的航班时，被空乘这么一问，我到底犹豫起来。倘使年轻十五岁，我想必会回答"可乐加冰块"，然而大凡年纪增长，就不得不在意起自身的健康状况来，一如陷入中年危机的男性企业职员，开始因头发的稀疏程度而焦虑。可乐那玩意儿嘛，还是不碰为妙。

一头金色短发的空乘女子，以看上去颇为真诚的微笑久久注视于我。喂喂，这时候可不能拖拖拉拉哟！会给别人添麻烦的。下定决心，我试探性地答道："唔，可有苏打水？"

"苏打水？"金发女子稍加思索，"抱歉，苏打水没有，'叭啦咕铃水'可好？"

那是个我从未听过的英语单词。然而管它是天然提取水也好，酒精饮品也罢，纵使是加了蛞蝓黏液和抹香鲸口腔分泌物的特制饮料，此刻我也只得硬着头皮同意下来。金发女子欢快地点了头，继而倒给我一杯无色的液体。液体之中带有气泡，一如加入碳酸的纯净水，喝在嘴里头，与苏打水的口感极其相似。叭啦叭啦，咕铃咕铃。

飞机降落在瑞士苏黎世，我却依旧惦记着口腔里叭啦叭啦咕铃咕铃的感觉。故而在餐馆之中被人问到要喝何种饮料，我便尝试着复述出飞机上金发女子所说的那个单词。"请给我'叭啦咕铃水'吧，谢谢！"侍者约略迟疑了一下子，继而露出开朗的神情。

"一瓶'叭啦咕铃水'！"

"叭啦咕铃水？"同行者中到底有人沉不住气，向我发问。然而我也闹不清楚，"叭啦咕铃水"应当如何翻译。总之就是那种充满气泡的水啦，和苏打水差不多。

"你说的是 sparkling water 吗？那个就叫气泡水吧。"

我暗自叹息了一声。到底不是叭啦咕铃水，而是斯巴苦铃水。

在欧洲和澳洲的超市里头，气泡水可谓最便宜的饮料之一，亦是我在旅行途中的首选。各地超市的自主品牌气泡水，通常装在一升半或二升的圆柱形瓶子里头，每每自超市购物归来，在我心里头总会生出某种幻想，仿佛自己并非在异国他乡周游，而是怀抱着火箭筒，即将执行秘密任务的特工人员。

　　　　　　　　　　　　　　花 与 鸭 嘴 兽

然而一旦返回国内，却买不到什么"斯巴苦铃水"。只有苏打水，没有"斯巴苦铃水"，于是老老实实回到从前的样子，喝苏打水即可。或许巴黎水与"斯巴苦铃水"甚是近似，但总还是在哪里有着微妙的差别。归根结底，我是为什么要喝苏打水来着？一来冷冰冰的苏打水进入口腔里头，气泡纷纷破裂，叭啦叭啦，咕铃咕铃，确然令人振奋，而温吞吞的普通水，则难免少了些气势。二来说是苏打水对痛风患者有益，于是想着，有益也好没益也好，当作饮料喝下去就是。

这么着，喝苏打水成了平日习惯。有一天我在社交平台上头，贴出了苏打水的照片，岂料过不多时，一位头像显示为身着西装的男士，给我发来消息。因着那头像的图片委实正经过头，内穿白衬衫，外套深色西装，打着沉稳而毫无个性可言的无花纹领带，看上去如同不动产中介公司的员工证件照，故而难免令我满腹狐疑。

"喂喂，还记得我吗？我是 X 呀！"对方发来消息，报出名字。

此君（为避免对号入座，姑且以 X 君称之）乃是我的初中同学。说是曾经相当要好也不为过。我在初中时的言行小心谨慎过头，难免深沉阴郁，气急败坏，而 X 君则开朗大度，学习成绩优异，体格强健，为人处世也蔚为正派，和我全然是两种类型。因有过一面之缘，于是迅速熟络起来。我在心里头渴求成为他那种样子来着吧？然而不成。光环并非想学就能学得来，对此我也好他也好，无不心知肚明。

初中毕业之后，我们偶尔写信联络——四封吧？或者五封也未可知——他跑去读全国数一数二的大学，读了一年便出国留学。出国之后，发过一次电子邮件（新年祝福），之后再无联络。如今此君自何处找上门来，我是不得而知，但反正确然是此人无疑。故人重逢应当说些什么？我正努力思考，对方说，通个电话能行？我点头答应，继而电话铃响了起来。

"你是喝苏打水的吧？"寒暄完毕，X君忽而这么问道，"看你贴出的照片，心想，大约是那么回事。喝苏打水是为什么呢？觉得好喝，还是有其他用处？"

"听说可以预防痛风。"我如实相告。

"真的吗？苏打水里头真有碱性物质不成？碱性物质确然能够预防痛风？跟你说，人体里头的酸碱度可真是了不得！若是靠苏打水就能把酸碱度搞得服服帖帖，自然皆大欢喜，但是不是太过轻易了？没觉得？倘若喝苏打水有效，又何苦要什么医院呢？"

"那么复杂的事，我不清楚呀！"

何以多年未曾联络的初中同学，忽而与我大谈起了什么酸碱度？喝了苏打水能够飞上海王星也好，让人全身生出黑乎乎的霉菌也罢，那是自有他人头疼的事吧。此人到底要说些什么呢？我不禁皱起眉头来。太过深刻的东西，我向来搞不明白。

"跟你说，那些都是贩卖苏打水的公司，想出来的销售策略。你瞧，欧洲人就不喝什么苏打水，然而他们自有办法，知道欧洲人怎样调节体内的酸碱度吗？"

"莫不是喝'斯巴苦铃水'？"

"什么铃水啊！没有那种玩意儿！靠喝水无法调节酸碱度，什么水也不成。可知道原因？因为水里头，能够溶解的酸碱性物质少得可怜。就那么一丁点碱性元素，什么事都做不到。你想想呀，一锅米饭里放上一粒豆子，有什么用呢？能明白？总之喝水不行！调节人体的酸碱度，喝什么才有效呢？知道吗？喂喂，咱们可是老同学，我才和你说哟。想要碱性体质的吧，你？碱性也有办法，可以靠喝酒！不是普通的酒，乱喝可不成，是欧洲人专门用来养生的酒。喏，我这里呀——"

咔嗒一下子，电话挂断了。我的右手食指按在挂断的按键上。

诚然毫无礼貌可言，说是缺乏教养也不为过，然而再听下去，唯有浪费时间而已。曾经头顶光环的少年，如今变成了这个样子，于我而言也深感痛心。

人类是否能够通过饮水，调节身体的酸碱度，此乃我的科学认知范畴之外的命题，自然不便妄下定论。倒是在栽种植物时，酸碱度确实大有讲究。小时候住在北方，总是听人说，杜鹃啦，山茶啦，栀子啦，都是些相当娇贵的花，极难伺候。然而到了江南一看，哪里娇贵呢，明明栽种在大街上，当作行车路与人行道之间的隔断绿篱，风吹日晒也毫不在乎。

"但是在北京就很难养活呀！北京的水质不成。"

说是北京的自来水硬度太大，不适合种植南方的花草。到头来就是酸碱度惹的麻烦——喜酸花卉仅靠北京的自来水浇灌，大都难以成活。倘使硬要栽种不可，则必须选用酸性土，并浇灌弱酸性水。由此之故，我有一阵子认真考虑过栽种山茶或者茶梅，思来想去，还是决定作罢。需要精心侍弄的花草，终究不适合我。

"什么呀！"山茶一脸嫌恶的样子，自鼻孔里头哼出声来，"说是要柠檬水，怎么又送来了苏打水？种花的这家伙，压根儿不懂得营养配餐的嘛！"

"矿泉水也够受的。"杜鹃附和道，"人类那种傻乎乎的生物，莫非尝不出这水有多难喝？怕是应当送到医院里去看耳鼻喉科急诊。"

倘使能够真切地听到植物的抱怨，倒也不坏。然而听不出，所见的唯独盆里栽种的花草一天天消瘦下去，纷纷死于非命。说是可以将硫酸亚铁溶于水里头，用来浇灌，然而那又并非包治百病的万能药品。热爱种植的中老年人里头，倒是十有八九都懂得使用硫酸亚铁，但杜鹃或者山茶照样呜呼哀哉。酸碱度这玩意儿，可不像是操作电梯——按下按钮，电梯便即在面前打开大门——那般简单，并无一劳永逸的法子。

当然也有统统来者不拒的植物。读小学时，听说牵牛花倘使以酸性水浇灌，花朵就会变为红色，以碱性水浇灌，则会变成蓝色。我还亲自尝试来着，从厨房里头找了醋和食用碱来，跑到楼下篱笆旁边浇花。然而无论怎样浇，花的颜色也不改变，原本粉红色的依旧粉红，原本天蓝色的依旧天蓝，原本紫色的依旧如同胖嘟嘟的大茄子。

多年以后，才明白方法并不对头。正确的操作也大致晓得，但我已失却了重新尝试一番的心思。想着，唔唔，原来是这么回事呀，行啦行啦，道理都懂啦，别来烦我可好？身陷细密而繁杂的琐事之中时，难免丧失某种热忱。

听说蝶豆也会因酸碱度差异而变色，故而在旅行途中，买了一盒蝶豆花茶。干燥后的花，看上去如同揉作一团丢进垃圾桶里的蓝图纸。"喏，加上柠檬汁，蓝色就变成紫红色。蝶豆就是这么个玩法呀！"卖东西的男孩子认真地讲解，"味道嘛，加上蜂蜜就好，蝶豆本身没什么特别的味道啦。"花茶买回家里头，盒子便一直摆放在书架上，连外包装也从未打开过。蝶豆花茶，哪天试试看呢？思度之间，已过去了一年之久。

另一盒蝶豆花茶送给了 L 女士。心里想着，唔，这东西或许她会喜欢的吧，于是多买了一盒。对方果然喜欢得不得了。数日之后，L 女士发来消息，问我道："加了柠檬，变了颜色，可还能再变回去？"能不能呢？我姑且推测道，加些苏打水试试可好？

捣鼓了一阵子，L 女士说道："颜色没变，味道却怪里怪气。加了蝶豆，加了薄荷糖，加了柠檬，又加了苏打水。喝起来总觉得像是，什么味道来着？对了，汤力水！"

　　　　　　　　　　花　与　鸭　嘴　兽

能够猜想得出，然而我是全然不想尝试。汤力水是够受的。之前在澳大利亚旅行时，我自超市的货架上，糊里糊涂拿了三个大瓶子，回来一看，两瓶气泡水，一瓶汤力水。心想汤力水也可以喝的吧？然而终归打错了主意。甜滋滋，却又并非纯粹的甜，嗓子里头满是汗涔涔的感觉。越喝越口渴，因而那瓶二升装的汤力水，最终剩下了一大半，统统倒进了水槽里头。一起买的两瓶气泡水，倒是早就喝个干净。毕竟是"斯巴苦铃水"嘛！叭啦叭啦，咕铃咕铃。

———————

在我家的小花园里头，也栽种了一盆蝶豆。春日里长势甚是缓慢，一副老大不情愿的模样，直到天气变热，藤条才终于回过神来，四下蔓延开去。花也认认真真地开了起来，厚墩墩的深蓝色，如同天鹅绒铺面的胸针。"看看花就很开心呀，弄哪门子花茶呢！"我不禁在心里头感叹。

然而我还是更想要栽种单瓣的蝶豆。重瓣品种看上去多少有些啰嗦，让人难以沉静下来心平气和地观赏。说是作为花茶，重瓣更易凑足分量，故而到哪里去买种子或花苗，都是重瓣蝶豆。私下里和人抱怨，说道，重瓣的花太过啰嗦，不料竟被结结实实地教训了一番。"重瓣就啰嗦吗？你这家伙，写出来的文章可是比这啰嗦一千倍哟！哪有立场嫌弃别人啰嗦呢！"得得，啰嗦的我只得就此停笔。

　　　　　　　　　　　花 与 鸭 嘴 兽

重瓣的蝶豆花

在苏格兰喝的气泡水（只是瓶子，因为喜欢包装上的苏格兰蓟徽章）

单瓣的蝶豆花

植物小贴士

蝶豆
Clitoria ternatea

蝶豆原产于亚洲热带地区，新鲜的花朵既可以染饭，又可以晒干后作为花草茶。因为需要摘花，所以重瓣蝶豆更受欢迎些。纵然单瓣的蝶豆花才是原本的样子，也还是受了冷落。

在东京都美术馆的印象派画展上，我一眼看中了栽植樱花的少女。

倒并非专程去看画展。跑去东京旅游时，妻说，有画展呀，想去看。我一想，印象派嘛，倒也不坏。这么着，就去看了。名叫《少女与樱》的作品，是整个画展的第一幅，作者乃是惠斯勒。后面接下来自有梵高、莫奈、高更的作品，然而我唯独对这一幅情有独钟——倒不是说惠斯勒比不得莫奈诸人——还专门跑回去仔细看了一阵子。

画中的少女，身着薄纱质的衣服，约略可见肌肤的颜色。少女半蹲在地，摆弄一盆樱花。不知是在修剪枝条，抑或在攀折。樱花栽植于红色的花盆中，花枝如恭维中年男子发际线的说辞一般："勉强算不上稀疏。"一眼看去，就知精心修剪过，多余的枝条统统不见，只有错落的枝干，上面正开着淡粉色的花。

若说这幅画作何以令我如此痴迷，唔，说是说不好，然而大约是从那里头，我得以看出了属于樱花的娇美之处。从前也看过樱花，单独的几朵看过，满树的樱花也看过，浅淡的粉色，有时则是近乎于略带笑靥般的白色，不至于厌恶，但总是难以体味出其中撼动人心的美妙。然而这幅画作里，少女头戴的帽子——身披近乎透明的塑料布一般的外衣，帽子却厚墩墩的，宛如春日里前去领取失业救济金的圣诞老人——及栽种樱花的花盆，都是鲜艳的大红色。

这便是画作的精妙所在（我以为）。若是配以更加灰暗的色彩，纵使想尽办法，将樱花画得甜腻腻的，也难以惹人注目。在鲜红色的映衬之下，倒是淡粉色的樱花忽而变得雅致起来。

"花盆是红色的呀，这个。"我低声对妻说道。

"你什么时候也懂得绘画了？"妻反问，"花盆嘛，早就告诉你来着，让你看看别人的花园。喏，结果你自己的花盆，都是灰不溜秋的。"

我是一直偏爱瓦质的花盆，透气性好，也不至于积水。而大凡称心的瓦盆，无不是暗搓搓的灰色。不仅是妻，别人也笑话我来着。"喂，你们北方人种花，都这么不讲情调的吗？那花盆也太难看了！"说来惭愧，我自然无法代表北方人，而仅仅是喜爱瓦质花盆罢了。

　　　　　　　　　花　与　鸭　嘴　兽

当然也可以在瓦盆外头，再套上讲情调的花盆或者花篮。但反正相比于花园的整体美观性，我是更加注重其中作为植物的部分，即，只消植物生长得好，我便足够开心，至于花盆是灰不溜秋也罢，带有考究的欧洲古典式花纹也罢，如三花猫的毛色也罢，那无非是相当随意之事。怎样都好。

　　家里头倒是有一些色彩艳丽的小花盆，硬邦邦的，颜色如油漆广告一样光彩照人。有海滨晴空般的天蓝色，新鲜柠檬般的亮黄色，野生猕猴桃果肉般的嫩绿色，橙色和红色也有，还有亮闪闪的黑色和白色。这些小花盆，都是从前栽种多肉植物时所用的。如今倒是一棵多肉植物也没有了，唯有空荡荡的花盆留了下来。

　　用彩色花盆栽种多肉植物，倒可谓相得益彰。毕竟多肉植物不以开花取胜，人们所喜爱的，是它们鼓囊囊肉乎乎的叶片和植株。反正以绿色为主，鲜嫩是足够鲜嫩，然而看得久了，终归有些单调。以彩色的花盆来搭配，那感觉，如同不苟言笑的中年男子，身着鲜艳的彩色内裤或短袜。

　　然而《少女与樱》那幅画作里头埋藏着另一个疑惑：樱花栽种在并不算大的花盆里，精巧的一小棵，就能够顺利开花的吗？思来想去，在我记忆里头不曾见过。倒不是说不能如此栽种，只是我见识不足罢了。梅花可以作为盆景栽种，垂丝海棠也可以植于盆中，如此说来，盆栽的矮小樱花，也不至于大惊小怪。或许那是专门培育出的娇小品种，也未可知。

我是尝试过栽种樱花来着——确切而言，并非观赏之用的樱花，而是樱桃树。樱桃树亦分不同种类，号称车厘子的乃是欧洲甜樱桃，而我栽种的则是国产樱桃。听说我国古时观赏的樱桃花，即是国产樱桃，花近乎于白色，果实则较小些，颜色红黄相间，味道酸甜可口。我在心里想着，既然是自古以来观赏的樱桃花，总不至于太过差劲吧。

恰好住在成都的王无迈君说，我们这里就有国产樱桃呀！于是请她帮忙，找了些樱桃核来。"不是要吃樱桃？只要樱桃核？"再三确认过之后，我收到了好大一包樱桃核。彼时我是不大懂得种花的门道，只将那些樱桃核胡乱地塞进土里而已，一粒也不曾发芽。

后来确然见了国产樱桃开花，略有些素雅过头，挤在枝上，又显得有些仓促。若说观赏，倒是自日本传来的樱花品种更适合些。走出东京都美术馆，外面的道路两侧，便栽着粗硕的樱花树。可惜时值秋日，树叶刚刚变为黄色，远未到赏花的季节。"这里的樱花不少呀，春天想必好看得不行！"我对妻说，"春天来赏樱可好？"

"喂喂！"妻皱起眉头，"这里可是上野公园呀！怎么说，也算是东京的赏樱胜地了，春天可是人山人海哟！"

我到底害怕人山人海，故而将那念头打消一空。在一百五十年前的印象派画作上赏樱好啦，我暗自思度，毕竟在美术馆的纪念品商店里，还特地买来了这幅画的明信片。后来偶然说起："我是很喜欢那幅《少女与樱》呢！"岂料被人揶揄道："你哟，只是想看少女吧！何苦把樱花也牵扯进来！"

是不是呢？

————————

如今最为常见的樱花，以物种而论叫作东京樱花，日文名称作"染井吉野"。——开花时节，花瓣有时约略带着粉色，有时则是暗弱的白色。日本也罢，世界上其他的什么地方也罢，大凡栽种了许多樱花品种之处，终究少不得染井吉野。此物乃是杂交而来，故而只有花开，并无果实，倒是名副其实地灿烂一瞬。

且不论在日本赏樱，纵然是我国，樱花开时，也注定人山人海。每年春日里，前往北京玉渊潭赏樱的游客，都如非洲大草原上迁徙的角马群一般，浩浩荡荡，场面蔚为壮阔。十几年前我去过一次，却并非为了樱花，而是前去采访。此后再也没有赶在春日里去过，到底害怕人山人海呀。

今年春日里，我独自一人跑去杭州植物园，直至天色黯淡下来，我依旧在植物园里游荡。行至湖畔，忽而望见一树白色的花朵，借着尚未彻底消散的天光，花瓣在初降的夜色衬托之下，竟散发出如同荧光般的温润色彩。说是挂了满树的玉雕亦不为过。天空是沉甸甸的深蓝色，樱花盛开于沉重而冷峻的帷幕之下，令人赞叹不已。湖畔再无他人，目睹此情此景者仅我自己罢了。继而——至多过去了五分钟而已——天色彻底黑了下来，樱花也不情愿地融入夜色之中。"这个，才是赏樱的精妙所在吧？"我在心里想着，"并无少女，只有樱花。"

以惠斯勒的《少女与樱》
画作而印制的明信片

杭州植物园傍晚时分的东京樱花

中樱花的花瓣
尚都会有凹缺

东京都美术馆
（门前栽种的
倒并非樱花树）

植物小贴士

东京樱花

Cerasus × yedoensis

东京樱花实则是杂交物种，至于
由何杂交、怎样杂交而来，虽然
大体上有了定论，但至今仍有不
同的声音。毕竟是最常见、栽种
最多的一种樱花。

"冲绳呀，要说那地方的特色，想必是海！潜水啦，乘船啦，海鲜啦，水族馆也相当不坏！对了，寿司也够味儿！"度假归来后，我和几个朋友聊起冲绳的旅程。除却冲绳本地居民，大约其他人都是这么想的吧？去冲绳当然要去看海才对。

然而我摇起头来。诚然，我是去那里看海来着，但毕竟是一家人同行——妻、女儿和我——也要顾及他人所需。因此我们专程跑去了位于冲绳岛中部的一座动物园。说来抱歉，委实算不得什么一流动物园，设施纵使养护得当，也难免显出沧桑之感。付费乘坐的绕园高架车如同二十世纪末的廉价游园会遗物，咯吱咯吱，穿梭于我行我素的树冠丛中。出入口处的纪念品区乏善可陈，仅有一位售卖员，无论怎样委婉地描述，也唯有称其为无精打采。扭蛋机亦是两年前的旧款式。

动物也不甚欢快，或多或少。倒是未曾遭受不道德待遇，或者莫不如说，作为动物园理应存在的设施啦、食物啦、生活区域啦，一样也不缺少，但反正情绪不佳。原因说不出，总之动物们一眼看去，就让人想起1938年被纳粹德国侵占家园后的奥地利居民。游客也未见到几个，毕竟前往冲绳的旅客之中，有几个人会专程跑来看哪门子动物园呢？

"说来，名护市的动物园，才是我女儿最喜欢的地方。能想得出？"我对朋友们说道，"不是海中展望塔，不是玻璃船，不是水族馆，而是动物园哟！"

理由相当简单。在那座动物园里头，可以投喂鸟类，并且另有一个区域，能够触摸动物。投喂也罢，触摸也罢，是否符合国际上的动物福利标准，我是不得而知。若是从动物保护抑或科学普及的视角而论，触摸动物并不值得提倡，这个道理我是晓得。然而怎样才能同时满足小孩子想要抚摸动物的需求呢？难办呀。

触摸区需要购买专门饲料，且要经过洗手消毒，而后才可以进入（另行收取入场费）。至于那里头的动物种类，实则相当有限。兔子、仓鼠、懒洋洋的龟，以及两只不友善的羊驼。女儿拿着饲料，凑过去喂羊驼来着，毛色灰白的羊驼仅远远观望，毛色棕黄的羊驼固然凑过来看了一眼，却全然没有想要进食的意思，任凭女儿伸长手臂，拼命挥舞饲料。"那个人类，傻乎乎的呀！"从羊驼的眼神里头，仿佛流露出这样的内心独白。

继而棕黄色羊驼挤了过来。不不，说是挤并不妥当，乃是以整个身体倾靠过来。不是为了吃饲料，只是单纯地以身体倾靠。面对一团毛乎乎的羊驼躯干，女儿忽而手足无措，于是被挤得摔了一个大跟头。扑通一声摔倒在地，饲料也扔在了一旁。羊驼倒是一副事不关己的模样，蠕动起厚墩墩的嘴唇，露出长方形的下门齿。

女儿撇着嘴，几乎哭出声来。

"就这样，她还是最喜欢动物园不成？"

这么一说，朋友们当然疑惑起来。若是完美的行程，喜欢自不必说，但这可是结结实实被羊驼挤了一个大跟头哟！然而我在心里清楚，遭遇不友善的羊驼，无非是发生在三五分钟之内的事，相比于二流动物园的整体行程，那不过是极短暂的一个瞬间罢了。在触摸区就停留了一个半小时之久，羊驼固然没喂成，和兔子、仓鼠则玩得不亦乐乎。毕竟是毛乎乎软绵绵的小动物，又相对安全，总不至于被仓鼠挤得摔倒在地。羊驼再见，仓鼠你好。

因而相比于喜爱动物园，更为妥当的说法是，女儿喜爱和动物亲密接触。在我家里头并无宠物，猫没有，狗也没有，金鱼倒是有一条，又不能每天捞出水来抚摸一番——如今倒是养了一只守宫——总之平日里并无触摸动物的机会。小孩子想要抚摸动物，怕是天性使然吧。

"爸爸，你把花园里种上草料可好？这样我们就能养马啦！"女儿这么一说，我也只得徒呼奈何。何以她对植物喜欢不来呢？我思度良久，最终得出自以为是的结论：植物非但没法子抚摸，连即时的反馈也不曾有过，既不会用湿乎乎的舌头舔你的手心，也不会听到你的呼唤即奔跑而来。仅仅欣赏其优美之处，对于小孩子而言，可谓虚无缥缈。一如跑去劝告马赛马拉的河马，喂喂，你这家伙，可别在河里头放屁啦，喷出的粪便啦，臭气啦，把河水弄得一塌糊涂，鱼也死了不少，这样下去整个生态都要完蛋！你就不能稍微收敛些吗？河马当然听不明白。

小孩子终究无从体味缺乏实感的美好。诚然认为花足够漂亮，诚然觉得风景好看，但那仅是一秒钟内的感受，下一个一秒钟，他们所思所想的依然是，去游乐场玩耍能行？何时才能吃冰激凌？那个女孩子的头绳比我的要好看呢！家里养条狗嘛，拜托啦！

对于植物的情感也与之类似。"我是喜欢花呀，但是又不能摘！"如此说来，我也深感抱歉。女儿当然懂得不能随意摘花，此乃规矩，然而心里头终究还是想要摘上一大把的。经由摘花而获得拥有此物的实感，与抚摸动物带来的实感，在道理上约略有些近似。

　　然而有一次，我终究让女儿开开心心地摘了一回野花。

　　彼时是在台湾的乡村，路边开满了白色野花。"喂，你不是想摘花吗？这种白色的花，随便摘就好，摘个够吧！"听我这么一说，女儿当然满心欢喜。"可是，真的没关系？"平日里不能随意摘花的规矩，毕竟根深蒂固。

　　"没关系的。这个花呀，叫作'白花鬼针草'，别看挺漂亮的样子，可是它不应该在这里。原本生活在别处，别的大洲，结果被带到了这里来，在这里安了家，大片大片地生长，这可麻烦了！你知道麻烦在哪儿吗？原本生活在这里的植物，从此遭了殃，生长的地方被侵占了，阳光、水和养料也被抢走了。所以你把白花摘掉，是在帮助其他植物呢！"

　　听我这么一说，女儿安心地摘起花来。

　　毕竟白花鬼针草作为外来入侵植物，不应当在此生存。摘掉一些，也算对本土的生态环境做了些许贡献吧。后来每每谈及小朋友们的摘花情结，我总是说，要么带着小朋友一起栽种，再亲手摘下来——我家栽种的月季，就经常剪下来给女儿当作插花——要么去收费采摘的花田，要么，就去动手攀摘外来入侵植物吧。只是识别外来入侵种类，多少需要依靠专业知识，非我自夸，这是并非人人都能一眼看个明白的。

那一天在乡间路旁，花摘了一小捧，女儿满心欢喜。她的摘花的夙愿，总算得以满足了一点点，故而如今并不至于天天惦念着摘花一事了。一则心愿了却，另一则仍萦绕不散，于是女儿依然缠着我问何时能够在家里养狗。

――――――

白花鬼针草说是原产于北美，反正如今在亚洲啦非洲啦都是常客。不请自来。因着果实上头带有微小的钩刺，只消钩在衣服上，就得以搭上便车。偏偏此物又甚是厉害，果实一旦被丢弃在地，丰饶也罢，贫瘠也罢，大凡能够发芽，就势必匆匆忙忙变成新苗。除却怕冷，近乎于无懈可击。

非只在台湾，我在海南、广西、广东也都见过成片的白花鬼针草。村口抑或路边的荒地上，其他杂草全然不见，俨然成了此物的天下。食草动物对白花鬼针草毫无食欲，一如浣熊不喜欢吃满是油墨味儿

花 与 鸭 嘴 兽

的旧报纸。这么着，此物得以肆无忌惮起来。外来入侵物种委实令人头疼不已，可不是说一句"对不起，不欢迎你哟"就能够将之驱逐回去的。

倒是有厂家以白花鬼针草为原料，制作洗发水。将外来入侵物种拿过来做正经事，思路诚然值得夸赞，但能否因此而遏制白花鬼针草的入侵势头，我是心存疑惑。毕竟生态学与商业二者，可是天差地别的领域。

白花鬼针草的开花植株

果实是这样的

白花鬼针草的果实（一坨）

和单独一枚

每一朵"花"实则由

数朵小花聚集而成

植物小贴士

白花鬼针草

Bidens pilosa var. radiata

白花鬼针草原产于美洲热带地区，如今
已经遍及整个地球的热带（亚热带有时
有）。说来，白花鬼针草原本是鬼针草的变种，
而如今自有植物学家认为：什么变不变种啊，
它们根本就是同一个物种！于是主张废除
白花鬼针草这名字，统统称作鬼针草了。

表情桀骜的小羊驼

动物园中触摸区
的豚鼠

"预祝你们观看儒艮愉快哟！"

儒艮？看哪门子儒艮呢？彼时我和妻一同带着女儿，在澳大利亚的悉尼小住。说是度假，却也少不得跑去各个旅游景点，全然没有度假那般悠然自得的意味。遇上黏糊糊冷飕飕的阴雨天，故而决定前往达令港旁的水族馆。岂料到了门口一看，等待进入参观的游客，竟然排起了长队，仿佛在假日里限时免费的高速公路上头遇见塞车，全然前进不得，稍一犹豫之间，身后也已塞满了新来的车辆。排队等候的时候，我在个人社交平台上发布了一则消息，于是收到了有关于儒艮的留言。

留言者是多年未曾联系的女孩子。说是女孩子，实则是将近二十年前的女孩子了。读书时因故认识的。见过几次面来着？如今我是记不清楚，总之并不熟络。记得其人前往澳大利亚定居，是否结婚，嫁给了中国人抑或澳大利亚人，有没有小孩子，养没养狗，家门口的樱桃树是否遭受鹦鹉的侵袭，这个那个，我则一概不曾知晓。

总之这样一个许久未曾联络的女孩子，留言道："预祝你们观看儒艮愉快哟！"

因着事先并未对水族馆的展览信息详细了解，我在心里想着，大约是那里头有儒艮吧。排队的时候，我对女儿说道，可喜欢儒艮？儒艮知道的吧？就是胖嘟嘟的哺乳动物，在海里头生活，总之就是，嗨，像是海牛的玩意儿。

"儒艮嘛，知道的。"女儿无精打采地点头道，"生物百科图鉴里头看过。"

"要看活的儒艮哟！"

"咱们是要潜水到海里头去吗？"

自然不至于潜水。水族馆归根结底，无非是将动物们囚禁于此罢了，纵使动物福利做得再好，也依旧是囚笼。然而倘使怀着这样的心思，势必没办法去水族馆参观。长得过头的队伍好歹慢吞吞地前进，总算得以进入时，已然过了正午。鱼看了，海星看了，珊瑚也看了，哪里也不见儒艮的踪影。穿过海底隧道，随着参观人群爬上同样塞车的楼梯，我已经差不多将儒艮的事彻底忘在了脑后。

岂料在参观路线的末尾，进入一个蔚为宽敞的房间，即为儒艮展区。由高处得以低头看到水池中的儒艮。纵使在彩色图鉴上啦，纪录片里啦，看过许多次儒艮的图像，面对活生生的儒艮时，感受总还是大不相同：像是滑溜溜的海兽，皮肤与海水的摩擦，一如轻薄的丝织品穿过指尖的触感。体型够大，相对而言，水池则怎样都可谓微不足道。前肢并拢在身侧，后肢则成为了尾，在水中摆动不止。

在水族馆里，我们看到两只儒艮。一只以慢吞吞的节奏四下游弋，另一只正在侧面的水缸里头大吃蔬菜——野生的儒艮要吃海草来的，故而饲养员将蔬菜塞在铁丝网格板之中，铺在水缸底下，儒艮就游过去，如同吃海草的动作一般，大嚼特嚼起蔬菜来。拜其所赐，我们隔着玻璃，得以近距离观看儒艮的面容。一团肉乎乎的鼻子，嘴藏在鼻子下头，低头吃缸底的蔬菜自不费力，然而换作其他用餐姿势，这团鼻子难免碍事。

"可是它的鼻子很可爱呀！"女儿看了看儒艮，继而看向我，"咱们养一只儒艮好不好？"

宽敞的房间里头，还有许多关于儒艮的展示信息。有些仅仅是展示，有些则可以亲手操作，例如聆听儒艮的声音啦，与仿制的儒艮模型合影啦，这个那个。谈不上精彩之至，但总归看得出水族馆好歹花了一番心思。

离开饲养儒艮的房间，整个水族馆的参观即告结束，前面是旅游商品贩售区。不出所料，儒艮造型的商品占据了好几个货架。毕竟以儒艮作为明星动物，周边产品也必不可少嘛。女儿想要买一只毛绒玩具，至于选择鲨鱼还是鲸鱼，则相当犹豫。"哎，买一只儒艮可好？"我建议道，"毕竟在别处，没见过儒艮的玩具呀！"

"那也行吧，"女儿看了看货架，"儒艮也挺可爱的。"

这么着，结束参观时，女儿抱着一只粉色的儒艮毛绒玩具，心满意足地出了大门。说来我是相当钦佩水族馆贩售区的——刚刚看罢儒艮，满脑袋都是儒艮的身影，买上一只儒艮带回家去，此乃思维惯性所致。其他游乐区也罢，动物园也罢，水族馆也罢，纵使同样有儒艮可看，却难以见到如此之多的儒艮玩具，如同仪仗队与特别欢迎团一般，堆积在道路两侧。

"确然喜欢这个儒艮的吧？"返回住处的途中，我问女儿道。

"喜欢呀，我给它起名叫'小粉'！"

我在心里头总算出了口气。毕竟她所看上的鲨鱼或是鲸鱼，做工总感觉不够精细的样子，倘使回到中国，自网络上也能买得到相似之物——以四分之一抑或更低的价格——而儒艮玩具则尚未在网络销售平台上见到。

倒并非如何高超的贩售手段，只是屡屡奏效。我跑去瑞士的鸢尾花园，见到风度翩翩的老妇人，认真记录下鸢尾的编号，向花园预订种球。在美国的巨杉国家公园里，巨杉的种子啦，树苗啦，亦是大受欢迎的特色礼品。纵使在我刚刚读小学的时候，北京植物园的新奇植物特展上，看罢叶子一碰就会闭合低垂的含羞草，展厅出口处就能见到贩卖含羞草小苗的摊位——彼时大约三四块钱的样子，贵是委实够贵。

总之儒艮或者巨杉，可谓因地制宜的贩售方式了。然而令我不曾料想的是，路边的蒿草，竟然也有人割了捆扎成束，作为山货贩卖。两年之前在京郊的村口，我问贩卖蒿草的男子道："这是做什么用的？"

"这叫艾草。端午节嘛，就要这个艾草。"

"艾草？这不是蒿子嘛！"

"这个是艾草！蒿子是臭的，艾草是香的。"

我是能够确认，男子贩售的乃是蒙古蒿，然而又有多少人分得清蒙古蒿与艾草的差别呢？蒙古蒿也罢，西伯利亚蒿也罢，符拉迪沃斯托克蒿也罢，端午节嘛，只需似模似样地挂上那么一簇，做做样子就好。倘使传说里头的蛟龙真个活到如今，总不至于手持一本厚墩墩的植物学资料，跑到人家门口，掏出明晃晃的放大镜来，仔细鉴别一番："唔唔，这是真正的艾草呀，还是不去招惹为妙！唔，这一家子怎么挂起了蒙古蒿呢？何以拿那玩意儿糊弄了事？就闯进他们家去大闹一通吧！"不不，蛟龙才不至于自寻烦恼。

如今在网络上头，无论新鲜的艾草，抑或干燥的艾草，只消想买，总还是能买得到。艾草苗也有贩售。今年春日，同一小区里热爱种花的老者，就买来了好几棵艾草，栽在篱笆墙外头。我跑过去拍照，老者一脸严肃地盯了我好一阵子，见我拍罢照片，起身将要离开，才终于松了口气。

"放心好了，不至于乱动。"我对老者说道。

"总有人来捣乱呀！"老者不无沧桑地叹息。

"总有人呀！"我随声附和。

端午节前，篱笆墙外的艾草早已经不见了。莫不是老者已经将之收割起来了？我是不得而知。总有人来捣乱呀——在传说故事里头，为蛟龙和虾兵蟹将所困扰的屈原，是否也说过这样的话来着？

在悉尼看罢儒艮，我给留言的女孩子回复道，儒艮很好呀。然而这一消息如同失落在百慕大三角之中的飞行器，自此再无消息。

　　　　　　　　花 与 鸭 嘴 兽

说来，我身边有好几位曾经相识的朋友都在澳大利亚定居，前一阵子我把艾草的照片贴出来，有人还专门问我："这个，可能寄点种子过来？"

寄是寄不过去。纵使随身携带，也难免被澳大利亚海关拦下来。何以非要艾草不可呢？这么一问，对方答道："想种呀！还用说？粽子可以自己做，糯米能买得到。然而艾草买不到，怎么办呢？"

"吃粽子，又不是非要艾草不可。"

"那是，又不是非要不可。就是想种了嘛！"

我不知应当怎样回复才好。纵然澳大利亚有各式各样的植物，也还是想种艾草。纵然澳大利亚有鲜美的牛羊肉（以及莫名其妙的袋鼠肉和鸸鹋肉），其人也还是想要四处搜罗食材，制作一锅卤煮（或多少类似于卤煮样子的食物）。那里头总有些沉甸甸的硬块儿，我们彼此知晓它的存在，却不能诉诸语言。

"粽子叶能买得到？"隔了好一阵子，我应道。

"朋友给的。"

"自己包的粽子可好吃？"

"就那么回事吧。"

我们之间的那个硬块儿，仿佛又变大了一点点。也罢，我暗自喟叹，无非是端午节罢了，何以说些令人不快的话语呢？对方只是想要艾草种子，我则爱莫能助。我与其人也多年未曾谋面了，东拉西扯之间，谈及粽子，也能惹出少许不快。看来我还是闭嘴为妙。那个黑乎乎的硬块儿，继续冷冰冰地堵在某处。我想起大吃蔬菜的儒艮来——水族馆写有儒艮的食谱，蔬菜的种类每天都会更换，然而纵使卷心菜和紫甘蓝想吃多少就吃多少，玻璃水缸也依旧是囚笼。

———————

艾草归根结底，可谓蒿子的一种，然而并非任意哪种蒿子都可以当作艾草，这中间，自有其微妙的差别。倘使作为引火之物，或是制作印泥，则必须使用艾草——叶片上头生有白色茸毛，其他蒿子替代不得。至于初春时制作青团，当然也需要真正的艾草才好。

倒是在端午节，艾草啦，蒙古蒿啦，符拉迪沃斯托克蒿啦（当然没有这玩意儿），这个那个，实则并无差别。只消尚未开花即可。蒿子的清香气味能够驱赶蚊虫，或多或少，效力自然比不上蚊香。至于象征意义，则类似于张贴神佛的画像，耶稣还是佛陀，凭君所好。若是有人硬要贴上屈原的画像，那也只好悉听尊便。

　　　　　　　花 与 鸭 嘴 兽

在悉尼的水族馆中
看到的儒艮

艾草毛茸茸的嫩叶

粉色的儒艮毛绒玩具

端午时用蒙古蒿制作
的香草束

植物小贴士

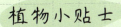
艾

Artemisia argyi

虽然艾草在全国大多省份都有分
布，我却一次也不曾在京郊见过。
倒是经常见人栽种，约摸端午时
分，植株就是毛茸茸的样子。初
秋时节，艾草的植株长得高耸而
张扬，俨然换了一副模样。

原本打算自云南搭乘飞机，岂料在机场安检时出了岔子。

"先生，您的提包里有个罐子，请拿出来接受检查。"

这么一说，我才想起来，确然有个罐子。在云南去逛菜市场来着。并非北京城里那种死气沉沉的菜市场，而是相当奇妙的菜市场——见识了各种叫不出名字的蔬菜（烹饪方法当然不得而知），刚刚自山里头采来的蘑菇也有，活鸡活鸭则站在笼子里头一脸茫然。反正值得一看。即将离开菜市场时，妻说，喂，我要买那个。

是油鸡枞。即选取新鲜的鸡枞菌炸至近乎脱水状，再浸入加了辣椒等调味料的油中，约摸是这样一种制法。我嘛，不知是幸还是不幸，任何种类的蘑菇都注定过敏，只消吃下，就会上吐下泻，油鸡枞自然也无福消受。妻倒是颇有兴致，买了满满一罐，仿佛希腊神话里杀死了美杜莎的珀耳修斯，手提蛇发女妖的脑袋一般，提着油鸡枞离开了菜市场。

"唔，是食物呀，"我对安检员说道，"罐子里头是蘑菇。"

"那里面可有油？油是不成的，不能带上飞机。"

安检员这么一说，我自然也无计可施。收拾行李的时候，我对妻说，你的油鸡枞，最好用衣服包裹住，塞在托运的箱子里哟。"那是不行的，恐怕，"妻答道，"万一罐子漏了，岂不是一整箱的衣服都要遭殃？"这么着，油鸡枞才放进了我的提包里。

"喂喂，跟你说过吧，放在箱子里头不就好了？"我抱怨道。毕竟规定即是规定，大多数液体都在禁止之列，泡在油里头的鸡枞禁止登机，泡在福尔马林里的手指标本也禁止登机。倘使将油鸡枞留在此处，也只能被当作潜在的危险品销毁，作为食物，并没能被人吃掉，也无人夸赞"味道简直棒得不得了哟"，说来想必有些遗憾的吧。

"你看看，价格也不便宜，就这么浪费掉了。当初照我说的多好！""你也没说禁止登机呀！""我可是说了，喂，你去查一查，这玩意儿让不让带上飞机。说了吧？""你若有说这话的工夫，自己动手查一下岂不是更好？"争吵一如对流旺盛的夏季午后的阵雨般，倏忽而至。幸而有一夫一妻制作为保障，争吵也罢，什么也罢，并不至于变成失控的怪兽。

　　说来，近些年搭乘飞机较多，对于哪些物品禁止携带，在我心里头还是多少知晓的。因着起飞与降落的地点不同，禁止携带之物也多少有些差异。记得去东南亚地区时，机场里头明确写着，榴莲乃禁止登机之物。莫不是气味太过令人头疼？然而安检时，有位女士随身携带的杧果也被搜查出来。"这可不是榴莲哟，是杧果，这是不同的吧？"然而安检员只是大摇其头。反正最终杧果未能登机，番石榴则未被阻拦。

　　若说潜在的危险品，水晶球也在禁止之列。"水晶球？谁会带那玩意儿上飞机呀！"大多数人想必如此思度。毕竟在飞机场，特地强调禁止携带水晶球，文字写着，绘图也画得一丝不苟。不骗你，下次在机场安检时，一看便知。但我是实实在在险些就把水晶球随身携带来着。

　　两年前去美国观测日全食，我确然带着水晶球。不不，不是以此推断日全食的发生时间或地点，而是摄影之需——究竟日全食摄影何以需要水晶球，说来话长，故而姑且将之当作结论接受就好。收拾行李时，我在心里想着，水晶球这东西，随身带着未免太重，还是扔进托运的行李箱为妙。明智之举！

至于水晶球有何危险之处，当时我是不明白，但很快便亲身体会到了。在阳光下手持水晶球，就仿佛拿着一只能力超强的放大镜，阳光通过水晶球聚集于一点时，轻易就能将枯草引燃。我的手也险些烫伤，作为引火之物，委实不得了。

倘使出入海关，植物也自然禁止携带，毕竟担心什么莫名其妙的物种，悄无声息地潜入。亦即生物入侵。因此在国外的花卉市场里头，我虽中意过种种样样的植物，却一样也无法带回家去。说来甚是遗憾。

幸而搭乘国内航班时并无此项规定。十几年前，我和妻第一次跑去云南旅行时——彼时倒是尚未结婚——从昆明飞往北京的航班上头，许多旅客随身带着鲜花。那阵子大花蕙兰蔚为流行，在昆明的花卉市场上，售价又相当便宜，于是机舱里头总能看见大花蕙兰的身影。也有其他花卉。总之那时候自云南买花回去，就如同带了土特产满载而归一般。

甚至还有人带了一棵树！如今怕是不允许，毕竟有一百五十厘米高。但此乃十几年前，彼时如何规定，说是说不清楚，总之被顺利带上了飞机。空乘也因此大为头疼，毕竟不能放在过道，也无法塞进行李架。

"您的这棵树，不能放在这里噢，"空乘对携带树登上飞机的中年夫妇说道，"唔，给您放到客舱末尾吧，下飞机时您要记得去拿。"面庞晒成红褐色的丈夫嘴里头一直嘟囔，想必并不乐意。胸口挂着不无夸张的玉石的妻子倒是表示赞同。于是树被搬到了不知何处。

"你呀，可是傻了？搬到后头去，万一被人偷了……"

"偷了也下不了飞机呀！又不是火车，你怕什么。"

"总之看不见我就不放心！"

"嗨，等过上一阵子，你偷摸儿给它搬回来不就成了？"

夫妇二人达成一致，开心地笑了起来。吃罢航空餐（竟然是鳗鱼饭！），我和妻相继睡去，中途醒来，只见红褐色丈夫和挂玉石妻子身边，那棵树直挺挺地摆放在空座位上。我对妻说道："哎，你看，他们俩真的把树偷摸儿给搬回来啦！"

当年我是叫不出那棵树的名字，如今自然知晓，那是棵琴叶榕。毕竟在数年之后，琴叶榕成了风靡一时的观叶植物来着，妻也十分惦念，终于从友人那里搬了一棵回家。"没办法嘛，我就是喜欢这个，"妻说，"你可要帮我浇水照看哟！"得得，总之家里的任何植物最终都落在我手里头，活脱脱的植物保姆。

如今琴叶榕十分苗壮，从一棵几十厘米高的树苗，长成了比我还高出许多的青年树木。"可还记得我们第一次去云南时，有对夫妇带了一棵琴叶榕上飞机？"我问妻。她答，树记得，是不是琴叶榕呢，是也未尝不可。

十九年后，再度从云南飞回北京，飞机上一株植物也未见到。对了，若问那罐子油鸡枞的最终命运如何，反正是带回了北京。妻在垃圾桶前头，一点一滴将罐子里的油倒了个干净，这才得以通过安检。"油鸡枞可好吃？"回到北京的第二天，我问妻道，"毕竟是历尽千辛万苦带回来的嘛。"

"油鸡枞？家里早就没有什么油鸡枞了！"莫不是昨天就全部吃了个干净不成？"跟你说，家里头就不能有这么好吃的东西呀！"如此一说，我也只得暗自喟叹。你瞧，一夫一妻制就是这么回事呀。

————————

琴叶榕固然已经成了广为流传的名字，实则那里头依旧存在着误解。花卉市场上所谓的"琴叶榕"，应当称为"大琴叶榕"为宜，

花 与 鸭 嘴 兽

原产于非洲热带地区。我国另有一种野生植物，名字原本就叫琴叶榕。但反正如今说起琴叶榕，人们心里头想的，就是那个叶子如同小提琴一般的非洲来客。

　　家里栽种的那株琴叶榕，妻也并非全然不管不顾。一年里头，总有那么几次要不无爱惜地看上一阵子，感叹，长得好高了哟！然而爱惜并不能成为树木生长所需的养分。这么着，还是要等着我来浇水和照看。有一次我生了病，在床上躺了五六天，起来一看，琴叶榕的叶子干巴巴的。"喂，这几天没浇水吧？"这么一问，妻一脸茫然。也罢，我才是植物保姆，职责所在，推诿不得。

琴叶榕的宽大叶片

室内栽种的琴叶榕植株

我家的琴叶榕，最初只是很小的一棵

植物小贴士

琴叶榕
Ficus lyrata

所谓的琴叶榕，实则应当叫作"大琴叶榕"，叶片宽大，边缘稍呈波状，质地也是硬邦邦的。何以琴叶榕成了为人喜爱的绿植了呢？或许人们喜爱的，就是这硬邦邦的大叶子吧。

在美国观看日全食时带去的
水晶球

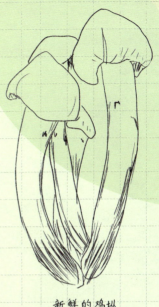

新鲜的鸡枞

云南市场上的油鸡枞

桂花的气味儿，说来倒是抱歉，总是被我错过。

嗅不到，纵使其他什么人说，"喂喂，有桂花的香味儿啊"，我也无动于衷。并非鼻子出了问题，对于青草味儿、海水的腥味儿、刚出炉的金灿灿热乎乎的烤鸡腿味儿，我都能准确地把握住。唯独桂花的气味儿不行。

"这附近有桂花呀！"外出旅行时，听得妻这么一说，那想必就是有桂花。她对桂花的气味儿格外敏锐——实则并非感官敏锐之人——只消这么一说，周遭必定有桂花。"闻不到吗？你呀！"每逢此刻，我也觉得真够丢脸的。

继而我决定在家里头栽种一盆桂花。不不，不是为了锻炼嗅觉，只是心里想着：种也未尝不可。在花卉市场上恰好遇见，等到回过神来，桂花已经换了沉甸甸的大花盆，在我家窗口定居下来。栽种桂花的那几年里，夏季窗外总会传来花香。其品种叫作"四季桂"，全年开花不断。冬季也开，但要搬回室内，花香便如同钻进了狭小洞穴的沙丁鱼群，总是没头没脑地在同一处打转，家里头难免浓香过头。"香味儿也太大了吧？"妻这么一说，我便点头称是。然而香也罢，不香也罢，反正我是全然体味不出。

唯有一次，冬季里出门远行了好一阵子，待到回家时推开门，迎面而来的气味，终于被我察觉到了。那味道，说是不好说，大约如同醋睡了一整夜的暖烘烘的被子，喷以强效防止腋臭的香水，又混入了不地道的枫糖一般，说是香，实则是浓厚的甜，带着半发酵的酒精质感，加温至高烧不退的状态。

"什么呀，这个！臭烘烘的！"我抱怨道。

"不是桂花吗？"妻皱起眉来，"积攒了好多天啊，这花香。"

在苏州小巷子里的雨后黄昏，我再度闻到了桂花香。雨水的清凉气味四下弥漫，老房子的院墙之内，钻出一丛枝枝杈杈的树冠。彼时正值中秋节过后的两三天，恰是桂花绽放的时节。枝杈上缀满黄白色的花朵，那颜色如同甜滋滋的蛋糕卷被人咬上一口，自缝隙之中流出来的奶油一般。小巷子里隔上好一段距离，才有一根老旧的路灯。灯光黄澄澄的，将桂花的枝叶也染上了陈年报纸般的色彩。

"这是桂花香吗？"我忽而停下脚步，抬头看，确然有一树桂花。

花 与 鸭 嘴 兽

不知何故，在那一刻，我笃定地判断出了此乃桂花的香气。明明从前一直嗅不到呀！与这一株桂花树相隔不远——大约步行十分钟的距离——即是热闹的街巷，有华而不实的店铺，有嘈杂的游客往来穿梭，有北极光般格格不入的彩色灯光，而桂花树所在的小巷子里再无他人，寂静得连风的低语也能听得一清二楚。花香一如带有蓬松尾巴的小兽，悠闲地漫步于树梢，跳上院子的矮墙，越过紧闭的木门，向着屋顶而去。

"因为是夜晚呀，"说起在苏州小巷子里的经历，有人这么猜测来着，"毕竟也叫'月桂'嘛，有月亮的夜晚，桂花可是和白天大不相同哟！"

我是并未查证桂花散发香气的时间，不晓得夜晚是否更适宜观赏。倒是在中国民间的传说里，月亮上的暗影，确然被看作桂花树的。非但如此，在古时也有月宫中的桂花种子掉落人间之说。掉下来的种子，栽种出的桂花即是"月桂"（此月桂并非欧洲所谓"月桂女神"之月桂）。以植物而论，白天开花者大有人在，却也总有些许种类，选在夜晚绽放。因而就算桂花决定要在夜间散播更加温润浓稠的香气，也不值得大惊小怪。

在大学读书时，我还专门研究过"月见草"来着。是晚间开花，四枚花瓣，颜色是月光一般清亮的黄色。彼时颇有干劲，跑去专门调查月见草的传粉状况——说是调查，无非是大学生那种应付课程的勾当罢了，不懂得科学研究那一套玩意儿，所拥有的唯独永不疲倦的干劲——搬个椅子坐在月见草的花丛前头，目不转睛地等待昆虫前来拜访，记录下来访时间，以及虫子钻入花中的次数。

虫子尚未知晓即将来临的命运，自顾自地趴在月见草的花朵里头，大吃特吃。待到吃得心满意足，准备离开花朵时，不知从何处铺天盖地一般，飞来了巨大的捕虫网，虫子只得乖乖束手就擒。挥舞捕虫网的另有其人，负责捉虫子，识别虫子的种类，看看哪些家伙身上粘着月见草花粉。我的职责是记录数据，捉虫子这活儿我做不来，毕竟笨手笨脚。

就这么每夜记录不停。来访的大都是蛾子，各种蛾子，偶尔也有甲虫。说乏味也是够乏味的，最终的调查结论，如今也记不得了。总之折腾一夜，天亮时收工回去呼呼大睡，每天如此。唯有一天清晨，正要离开花丛时，来了一位女孩子。

"你们在研究这个吗？"女孩子问，"这是什么花呢？"

"这个呀，叫月见草。香的，喏，闻闻看？"

女孩子凑过去闻了闻，小巧的鼻尖蹭上了亮黄色的花粉，甚是可爱。只是全程我都没有开口说话。前去搭讪的是负责捕捉昆虫的男生。那家伙，捉虫子和逗女孩子开心的手段，哪个都相当了得。

"月见草的花，果真有香气吗？"多年以后，我才到底疑惑起来。究竟是真个有香气，还是逗女孩子开心的法子，如今我竟难以判断。偏偏想要验证一番的时候，哪里也找不到月见草。初秋时分，好歹在一座破房子前头，遇到一片月见草，说是住在小区里的什么人栽种的，种下之后疏于养护，故而植株高矮参差，错落不齐，花也开得不甚繁茂。

但反正聊胜于无，我看好了位置，决定傍晚再次前往探查。岂料因着琐事，耽搁了好几天，总算有了空闲时，晚饭后骑着单车，跑去一看，那片月见草竟被人统统割掉了。"花开得差不多了嘛，"路旁乘凉的老人说，"前两天有人来收拾。看看，树枝子也剪了，草地也剪了。"我只得叹息一声。

月见草的花朵，到底有没有香气？是不是我的嗅觉又出了岔子呢？这些疑惑，如今依旧作为疑惑，塞在我心里头的某个角落。

花与旅途

月见草原本产自北美，作为花卉引入到欧洲。欧洲的园丁们正在兀自苦恼："难办呀！说是白天夜晚都要有花开，夜里去哪儿找花呢！"恰好月见草现身，园丁们自然乐得大种特种。非但栽种了一堆，还把这种夜间开花的植物也带去了亚洲。

说是月见草，实则它的近亲里头，有很多种类都在白天开花。名不副实的嘛！其中还有几种，竟而变成了惹人头疼的外来入侵物种。"这种月见草是当作花卉栽种，后来成了入侵物种的。另一种则是细小的种子，跟着货船，漂洋过海而来的。"听罢关于月见草家族暗度陈仓般的入侵手段，我在心里暗自思度，也罢也罢，当初那一丛月见草，被人咔嚓咔嚓剪掉，也算不坏。

月见草黄昏时初开的花

会吸引夜里的飞蛾

苏州小巷子尽头的桂花

植物小贴士

月见草

Oenothera biennis

原产于北美洲的月见草，如今早已遍及世界各地，在我国不仅是常见花卉，有时也会逃逸至野外，自生自灭，甚至成为外来入侵物种。夜间活动的昆虫倒是不在乎什么入侵，常会被这花朵吸引，前来拜访。

若说新婚的蜜月旅行，究竟有多少人会选择尼泊尔呢？

"尼泊尔？"作为远房亲戚的中年女子皱了好一阵子眉头，字斟句酌地说道，"唔，尼泊尔嘛，你们还真是与众不同呀。"

然而反正新婚蜜月旅行，我们去了尼泊尔。此乃十几年前之事。如今尼泊尔是什么样子我是不得而知，十几年前倒是适合国外游客前去旅行。不不，并非说那里如同天堂般美妙，而是恰好拥有适合国外游客之物。寺庙啦，古迹啦，风景啦，终究值得一看，只消在游客理应活动的范围内，便不至于出什么乱子。这么着，我们在尼泊尔可谓心满意足。

唯独在前往猴庙时出了岔子。猴庙乃是尼泊尔首都加德满都市内的知名旅游景点，既然来了加德满都，总还是去一趟为妙，于是在一个暖烘烘的下午，我和妻决定前往。猴庙位于低矮的山丘顶端，作为景点，山脚下和山顶各有一个出入口。"乘车去山顶，之后步行下山可好？"我是不大想爬山，毕竟是蜜月旅行嘛，又不是跑过来参加那种号称培养团队合作精神的企业培训——若不弄得满身大汗，脏兮兮臭烘烘一脸狼狈，就无法讨得上司的欢心，这样的培训不如丢到冥王星去吧——到底下山轻松些。这么一说，妻也赞同。

实则是加德满都市内的出租车司机，告知我们猴庙有两个出入口来着。"山上的入口远些，路费要贵上一百块钱。"此处的货币为卢比，一百块钱即等于十元人民币，倒不至于贵出多少。于是出租车一路开上山丘，将我们送到了猴庙门口，车费按照约定，共计三百块。

我在手机里头记录下账目，妻则负责交钱。记账一事我坚持了许多年，前往尼泊尔时，因着要兑换一些美元带过来，到达当地，再兑换成卢比，费了好一番力气，故而账目记录得更加琐碎。现金则交由妻来保管，"女孩子嘛，到底比我仔细"，这么想着，我也落得轻松。

岂料进入猴庙之后，妻忽而脸色大变。打开钱包一看，为时已晚。"我刚才，唔，给了他三百美元！"这么一说，我才想起何以出租车司机一脸开心的样子。原本此人说，开到山上头，或许三百块钱并不够的，然而接过三张钞票，他便猛地一路开下山去。

花 与 鸭 嘴 兽

“真个是三百美元不成？”

“是三百美元。”妻一脸沮丧的样子，“喂，你知道吧？一百卢比的钞票是绿色的，一百美元的钞票也是绿色的……”

诚哉斯言。一百卢比的钞票上头，图案乃是印度犀牛，一百美元则是本杰明·富兰克林的头像，颜色都是绿色，卢比较之美元更鲜亮些。二者的价值相差七十倍之多，难怪出租车司机一言不发，离开时堪比尾巴上绑了鞭炮的兔子一般。

彼时我们两个到底并不富裕——如今也依然富裕不来——三百美元并非小数目，于是唉声叹气了好一阵子。也吵架来着。蜜月旅行究竟从头至尾一帆风顺，还是难免发生口角，是否存在通用准则，我是不清楚。后来好歹冷静下来，争吵也罢，什么也罢，富兰克林终归无从返回，若是就此耽搁了游览，岂不更糟？我在猴庙的山丘上，凝视硕大的白塔，塔下有数只无人照看的狗，以不无悠闲的姿势横躺竖卧，一只阴沉沉的猴子蹲在高处的树枝上，以深邃的目光凝视过来。

说到底，把富兰克林当作印度犀牛，也真是够傻气的。

对于富兰克林其人，我所记得之事，仅有小时候在书里头读过的，他曾把风筝放飞到雷雨之中,以证明雷雨确然带电。此人是否真个做过这一实验,如今仍存有争议,但长久以来在我心里头思索的却是:富兰克林的风筝,是怎样在暴风雨里放飞的呢?被雨淋湿如何是好?风筝线可会断掉?是否有可能遭受雷击,我倒是没想过,反正此人存活了下来。

或许富兰克林有一只硬邦邦的风筝也未可知。配以电线一般坚韧的风筝线,在暴雨天里也能飞上高空。"若是打雷,触电了到底不好办呀!"富兰克林不无忧虑地自言自语,继而向四周看去,尖顶教堂不行,高大的花楸树也不行,目光所及之处,并无能够解决困扰之物。

恰在此时,旷野间的小路上跑来一头犀牛。"喂喂!"富兰克林想到了好主意,"我说犀牛君,能帮我个忙?喏,帮我紧绷绷地拉住风筝线可好?"

"不成啊,"犀牛摇头道,"毕竟是犀牛,没有手嘛,拉是拉不住。"

"说来也是。"富兰克林点了点头,变通之法总是有的,"哎,把风筝线绑在犀牛角上能行?毕竟够结实的!我嘛,可不想被雷轰隆隆地劈个正着哟!不过别担心,你是犀牛吧?犀牛可是吉祥的化身,不至于被劈到。真个劈到,还谈什么吉祥!"

　　　　　　　　　　花　与　鸭　嘴　兽

这么着，风筝绑在了犀牛角上，富兰克林跑去不远处的农家旅店里头，一边喝着热乎乎的留兰香薄荷茶，一边观望窗外的暴风雨和犀牛。在犀牛眼里头，自己成了发现雷电秘密的科学家，放飞风筝，收集电力，而后举世闻名。独立战争啦，印花税法案啦，巴黎条约啦，这个那个，皆是出自犀牛之手。

"活脱脱的《变形记》嘛！"我哀叹一声，将钱包里剩下的印有富兰克林头像的一百美元钞票折叠起来，塞进了夹层。收起美元，留下面值不一而足的卢比——藏起富兰克林，剩下成群的孟加拉虎、雪豹、亚洲象以及印度犀牛。

若说想当然地出了差错，任谁都难免遇到，倒并非故意为之。以印度犀牛当作富兰克林者有之，以富兰克林当作印度犀牛者有之，差错种种样样，只要心存信任感，纵然出了岔子，一同面对就是。我在心里打定主意。毕竟是蜜月旅行，岂能被富兰克林和印度犀牛搅得一团糟呢！

"这样的差错在所难免嘛，"我对妻说道，"可记得我给你讲过阿维那小子的事？"

阿维乃是我的大学同学，称作密友亦不为过，有一阵子我们两个可谓无话不谈。进入大学的第一个冬天，阿维时常与我说起一个女孩子。

"当时高三呀，忙是够忙的，同学们无不傻乎乎地读书不止。"阿维对我说，"我倒是时常溜出去。乖乖坐在那里读书，也什么都记不住，憋闷得不行。找个借口溜出去，不然难免憋死在教室里头。"

那个女孩子问阿维道，下星期三可有时间？时间总是有的，年轻时或许缺钱，但时间却大把大把，想要多少就有多少。"喂，带你去看木棉树！"女孩子说，"木棉树可知道？那个是爱情树。木棉树的诗读过？"

"诗呀，不晓得。"

"瞧你！总之下星期三，可别忘了。木棉树的诗，给我回去好好读上几遍。"

彼时并无移动电话，亦无互联网络，约定好时间，前去赴约就是。这么着，阳光暖融融的星期三午后，阿维自学校溜出来，骑着单车，那个女孩子坐在单车后座上，指点路径。穿过了老北京城里头狭窄的胡同，抵达了一处街心公园。原本此地留有城墙残骸来着，刚刚改作街心公园。

"诗可读了？"

"唔。"

"这么说来，到底没读？"女孩子叹了口气，"你呀！反正木棉树是爱情树，能记住？喏，我这就带你去看。从前是没有的，大概是新栽的吧，经过这里，偶然见到，就想着，下次带你来看。"

"那是。看树就好了，诗什么的……"

"反正你也成不了诗人嘛！"说罢女孩子笑了起来，继而与阿维一同走过低矮的槭树小径，经过凉飕飕的水池，穿过并无一辆车子的窄马路，来到一株不甚高大的树木前面。

"喏，这就是木棉树了！"

"倒也没什么特别的嘛。这个，能吃？"

"不是让你吃啦！"女孩子对着阿维的脑袋敲了一下子，"就知道吃啊吃的！跟你说了，木棉树是爱情树。在北京我可还没见过呢，这是第一棵。"

"那你怎么认识它的呢？"

"有牌子呀，笨！树干上挂着牌子，写着树的名字。"

阿维委实不知道说些什么才好，于是慢吞吞地走到树干前头，去找写着名字的牌子。绕了一圈，终究看见了牌子——铁牌子，刷成学生运动服一般的蓝色，名字以银色的字迹写在上头。阿维读了一遍，再读一遍，然后满怀疑惑地转过头来，问女孩子道："哎，这个牌子写的是'丝棉木'呀！"

"木棉树和丝棉木，你瞧瞧！"给我讲罢这一段故事，阿维狠狠拍了拍手里头的课本，"我读生物系呀，还以为能学到丝棉木呢！谁知道整天学的都是数学和化学！"

要等到再下个学期，我们才会开始学习植物学。到底什么是丝棉木，彼时我也毫无头绪。并不具有深入讨论木棉树与丝棉木的资格。"后来呢？"我索性绕开丝棉木，以合格的聆听者的语调发问，"后来你们怎么样了呢？"

"后来呢？"阿维重复着，继而陷入长久的思索。

"这个故事是阿维说的？"妻问我道，"不是编的？"

"哪能呢！"我抬头看去，树枝上的猴子早已不知去向。躲去哪里了吧？此刻猴庙的白塔，正被金澄澄的日光包裹。我想起阿维说的那个逃课溜出去的下午，那一天的日光是什么颜色呢？木棉树和丝棉木，富兰克林和印度犀牛，对于猴庙里头出没的猴子而言，想必不能知晓其中的差别。

丝棉木当然并非木棉树。此物又名白杜，因是一种卫矛，读书时我们干脆称之为"白杜卫矛"。也开花，通常在春天里头——即是阿维与那个女孩子专门跑去看树的季节——只是花一丁点儿也称不上鲜艳，黄白色的，一丛一丛坠在枝头。秋天结果子，到得初冬，果子裂开，露出鲜艳的红色的种子来。

"木棉树也罢，丝棉木也罢，人家就是想约你出去吧？"我也这么问过阿维来着。是不是呢？那小子总是傻乎乎地笑起来，从未回答过。阿维所说的街心公园我也去过，确然有丝棉木，是不是同一株则不得而知。北京城里的数座公园，都能见到栽种的丝棉木，木棉树却一棵也没有。归根结底，木棉树是南方的常见树种，禁不住北京冷飕飕的冬季。倘使真有木棉树，我倒想要好好看看。

白杜秋季的枝叶

尼泊尔加德满都的
猴庙景观

植物小贴士

白 杜

Euonymus maackii

白杜又叫明开夜合、丝棉木，若是从植物类群而言，白杜实际上是一种卫矛。春季开花不太显眼，果实秋季成熟，开裂后露出红色的"假种皮"来，倒是很有秋日氛围。

猴庙之中确实有猴子

美元（画着富兰克林）

尼泊尔卢比（画着印度犀牛）

白杜的果实

"跟你说，这条山谷里头，可是有狼的哟！真真正正的狼！"我煞有介事地说道，"唔，倒是很多年以前的事了。读初中的时候吧，报纸上头写的，发现过狼来着。"

此刻自然没有狼。这一点无论开口讲话的我，还是一副认真聆听模样的张君，无不心知肚明。毕竟是京郊蔚为知名的公园，或可谓之旅游胜地，何来的狼那种麻烦得不得了的生物呢？说实在的，在这公园里头，我是从未担心过狼——讲狼的事，只是登山途中打发无聊的法子而已，狼也罢，猪獾也罢，矢量玻色子分布函数也罢，随便讲什么都好——担心的唯有人山人海般的游客。幸而我们选了不甚热门的小径，好歹躲开了人群。

正是春季的星期二午后。我和张君跑到郊外的公园里头，说是工作之需，也确然是工作之需，但反正除却必须完成的工作，沿途也得以观看野花。可谓买一赠一。为了看花，我们行走得颇为缓慢，时不时俯下身去，在草丛里翻来覆去找个不停。

"这个花，有意思呀！"张君招呼我，"喏，这个可知道名字？"

"莓叶委陵菜。"我答，"倒是并不稀奇。"

"是不是呢？"张君盯着那朵黄色的小花，仿佛神龛里的佛像一动不动地凝视窗外枝头的椋鸟，"你说，若是蜜蜂，看见的花也是这个样子的不成？"

那一阵子，张君对蜜蜂颇为入迷。说是蜜蜂的眼睛和人类不同，人类看不到的紫外线，反而在蜜蜂眼里格外醒目。植物为了讨好蜜蜂，不得不在紫外线上也费尽心思。或许人类看来平平无奇的花朵，用紫外线的视角一看，竟然别有一番热闹。此次外出，张君就说要向蜜蜂学习。

"学不来吧？蜜蜂什么的。"

"学是学不来，就结论而言。"张君停顿了一下子，或许是在斟酌用词，"哎，你想，若是依靠蜜蜂传粉的花，在你我看来毫无特异之处，是不是即是说，在蜜蜂看来必有玄机？"

"反向推理嘛，不得了！"我由衷地赞叹，"倒是不妨一试。"

张君反正看中了莓叶委陵菜。然而只是那么盯着看了好一阵子罢了。归根结底，我们彼时无非是刚刚工作不久，既无科研经费也无课题项目，且工作与科学探究毫无瓜葛的职场底层人士而已。和蜜蜂并无牵扯，与紫外线也南辕北辙。喜欢诚然喜欢，但到底是活脱脱的圣西门和傅里叶。

岂料过了一阵子——两三个月抑或两三年，我却记不清了——张君竟然真个给我发来一张照片。不消说，是莓叶委陵菜，一眼就能认得出。唯独花的颜色变了味道。原本黄色的花朵，变成了鲜亮的淡紫色，而靠近花朵的中央，却是近乎于深红色的极浓郁的玫瑰色。"我嘛，把照相机改造了一番，"张君不无得意地解释道，"近乎于能够模拟蜜蜂看到的样子了。如何，不坏吧？"

"那是，相当不坏！"

一朵花自有若干副不同的面孔。若是将人类所见看作 A，蜜蜂所见是 B，或许在狗或奶牛的眼里头，花的模样自成了 G 或 W。故而奶牛不屑一顾，蜜蜂却喜欢得不得了。

蜜蜂当然不懂得奶牛的心思。"哎，那花开得正好哟！看那标记，明明写着'快来吃我可好'。你这蠢货，怎么视而不见？"奶牛依旧爱搭不理的样子，只顾着将胃里头反刍而出的混了黏糊糊的口水与胃液的草料，在嘴里大嚼特嚼。道理大致能够理解，看得见也罢，看不见也罢，吃也罢，不吃也罢，说到底都是自己的事，别人没资格指手画脚。

读大学时难免遇到相似的情形——大学毕业之后也难免遇到，只是随着年纪慢慢变大，人也变得不再那么肆无忌惮地乐得胡说一通了——置身事外者讨人嫌地凑过来问："喂喂，那个女孩子到底哪里不好？性格啦，相貌啦，言谈举止啦，家境啦，这个那个，简直是无可挑剔了！偏偏又对你这家伙死心塌地。何苦呢？"

"不明白呀！"当事人也唯独发一声感叹，"说是说不好，总之喜欢不来。这种事是不能勉强的吧？"

人的性格林林总总，各自的喜好种种样样，大凡明了这一点，并能够切实加以认同，就不至于对他人说三道四。我所遇到的人里头，立志要嫁给年长自己三岁的男性者有之（也确然成功出嫁），偏爱手指修长者有之，仅能接受身着干净衬衫的男士者有之，迷恋身材不足一百五十公分的丰满女士者有之，他们无不目标明确，即首先制定规则，之后在规则范围之内寻找时机。我是说不清楚在自己心里头可有明确规则，因而无法成为效率卓越的蜜蜂，这朵花要仔细观看，那朵花也要尝试一通，平白无故耽搁好些工夫。想必生存艰难。

当然反过来亦是如此。在伦敦时，我跑到邱园——那座举世闻名的植物园——去看花，在岩石园就花费了一整天时间。植物多得离谱，怎样拍照也拍不完。继而在岩石园的一处角落里，我遇到了几个伦敦本地的中学生。

说是中学生，因我知晓有一群中学生前来参观。他们比我晚一些抵达，教师在温室前头讲了约摸十分钟的样子，无非是何以到邱园来啦，要如何看待植物啦，遵守规矩啦，拉拉杂杂说个没完。之后学生们便分成了小组，两三人亦可，四五人亦可，手持本子时而抄录植物园设置的标牌，时而绘制植物的形态。将近正午时分，他们便散落于园中各处。植物园毕竟够大，纵使有三百名骑着大象的士兵在其中巡逻，也不至于感觉局促。

然而在岩石园的角落里，我却忽而撞上了其中几个中学生。不不，并非撞上，说是狭路相逢更为妥当。那一角落两侧都是高坡，视线遮挡得厉害，偏偏前头还有一处狭小的山洞，或可谓之山洞状的走廊。狭路穿过山洞，出口处有一小块空地，两侧依旧为高坡掩蔽。

我自路的此端走过来，看到山洞入口处的石头缝隙里，生长着什么奇异的植物，故而举起照相机，咔嚓咔嚓拍起照片来。岂料一个中学生自山洞里探出头，满怀敌意地看了我一眼。"这家伙，哪里来的？在这儿鬼鬼祟祟的，莫不是想要干什么不地道的勾当？"

花 与 旅 途

自那眼神中，我读出了这样的无声的话语。

应当即刻收起相机吗？我在心里头犹豫了一下子。然而这里不是植物园嘛，在植物园里头为植物拍照，可有什么见不得人的？继续拍照就是！这么着，那位中学生男孩子看了我好一阵子，最终自讨无趣一般钻回了山洞里头。

我自当掉头返回才是，不该去往山洞的彼侧。理应如此，然而终究心里头冒出了好奇的念头，故而我抱紧照相机，钻过洞来。

洞的彼侧空地上，铺了一张略显随意的野餐垫，摆放着便携式的外放音箱。几个中学生——具体来说是五个，两个女孩子，三个男生，看起来或许是十四五岁的年纪——正在那里随着音乐跳舞。说也奇妙，音乐声自洞的此侧几乎听不到。跳的是街舞，却又不同于嘻哈式的街舞，在我看来，多少有些后现代式的味道。两个女孩子其中之一，想必是焦点般的存在，其人身着灰色的短袖无领衫，配以牛仔短裤，白色的低帮运动鞋，将荧光笔一般鲜嫩的黄绿色长袖外套系在腰间，金色的头发散开，披散至肩胛骨的下沿，双腿的线条如水草般流畅，一双蓝色的眸子宛如宝石。

说是跳舞，实则仅她一人在跳。另一个女孩子身披朴实过头的外套，守在音箱旁边，用手机操作以播放音乐。三个男生之中的两人，

花 与 鸭 嘴 兽

围在跳舞的女孩子身边，笨拙地应和着节奏，如同踩在豪猪后背上的犀牛。另一个男生守在洞口，此人即是之前探头探脑者，约略卷起的棕色短发，目光湿乎乎的，时而看向跳舞女孩，时而看向我。

我在心里暗自叹气。做什么勾当我即刻心知肚明，但知晓是知晓，却只能落得个视而不见，从几个人的目光注视中离开。既未加快脚步，也未故意拖沓。

说来，植物园并未规定禁止跳舞来的，他们希求在此时此处以跳舞的方式，度过植物园户外课程的时光，概无让我置喙的余地。或者莫不如说，我倒是想要凑上前去，打个招呼："喂喂，我嘛，是自中国远道而来的哟。原本是来邱园里头给植物拍照的，唔，相逢即是缘分，能给你们也拍个照片？毕竟跳得够劲儿，让我真心想要夸赞呀！"

我是到底没有返回头去。毕竟英语讲不好，又不擅长应付此类情形，倘使被人误解，怕是够受的。

"跳舞算不得什么，植物园嘛！我可是见过比这个更来劲的。"

说起此事，有人如此回应。那是，更来劲的我也见过。在英国的另一座植物园，我便亲身遇见过近乎赤裸的老年男子在空场之上，以难以言说的姿势长久地站立。有人喜爱看花，有人喜爱散步，有人喜爱跳舞，有人喜爱以难以言说的姿势长久地站立。若说作为看花者，我是否被其他人所打扰，似乎也谈不上如何打扰。如此足矣。

"反正我也不至于住在植物园里。"在心里头念罢这一句，我到底感觉轻松了不少。一如莓叶委陵菜的心思："奶牛也好，什么人也好，想看就看个够，但花可不是为你们而开的，能明白？"

在我相识的人里头，最能明白莓叶委陵菜心思的，非张君莫属。数年之后，张君更换了工作，依旧是与蜜蜂毫无干系的工作，说可惜委实可惜。我是很想问问他，蜜蜂的事，后来怎么样了呢？不过终究没有问。

"不过呀，"在那个初次窥探到蜜蜂与紫外线的秘密的午后，张君曾这么对我说来着，"蜜蜂也不会和委陵菜过一辈子。"

————————

委陵菜是极其常见的一类野花了，个中种类倒是不少，要看花和叶片的特征，才能详加区分。我也认认真真观察过莓叶委陵菜来着，花瓣基部，即靠近花朵中央的部位，有时会带有少许深沉些的橙黄色。

　　　　　　　　　　　花 与 鸭 嘴 兽

当然并非蜜蜂所见的紫外线颜色。至于是否与紫外线的色彩同源，我是不得而知。

至于蜜蜂所见的紫外线视角之下的花，有一阵子，张君花了好大心思摆弄。与莓叶委陵菜极其相似的蛇莓，看上去无非都是黄色的五瓣小花罢了，紫外线下却变成了外围红色、内部紫黑色的模样。仅看花色，人类难免将二者搞混，而若问蜜蜂的话，想必对方会答："截然不同的嘛！"

与张君一同外出时，所见的
莓叶委陵菜

莓叶委陵菜植株

伦敦邱园的岩石园（rock garden）

植物小贴士

莓叶委陵菜
Potentilla fragarioides

虽然算不得十分常见，但莓叶委陵菜
好歹在我国分布广泛，从东北到西南，
许多省份都可见到。与之相似的其他
委陵菜，种类也多而又多，需要根据叶
片啦，花序啦，植株上的毛啦，这个那
个细节加以区分。

自然光下的花

紫外光摄影
拍摄的花

邱园岩石园的高山冷室内部景观

邱园岩石园的假山石，在此背后的隐秘角落里，我与
跳舞的少年们偶遇

"我说，边吃冰激凌边等着可好？"

提议一出，一行人无不拍手称快。彼时我们身处瑞士与意大利的交界地带，说是瑞士，却全然见不到雪山啦，草地啦，木屋啦，没完没了的牛铃声也听不到。眼前是湖，湖水如深情少女的眸子一般显现出忧郁而深邃的蓝色，湖畔栽种着粗壮过头的棕榈树，船只横七竖八地停靠在港湾，满街都是讲着意大利语的人们，他们无不身着夏日海滨度假般清凉的衣着，配以宽边遮阳帽和墨镜，急匆匆地由一片树荫走向另一片树荫。

港口旁贩卖冰激凌的摊位后头，是一位金发的年轻女子。"Ciao！"女子打了声招呼，脸上挂着不逊色于日光般浓烈的热忱。哪种口味的冰激凌好吃呢？在我犹豫之时，女子以意大利式的开朗问我道："这个如何？Pistacchio 口味哟！"讲的固然是英语，然而那个 Pistacchio 我思索了许久，也不晓得其中的含义。这么着，我索性点头听从了女子的建议。绿色冰激凌球，与热腾腾的夏日可谓绝配。

"不拿不地道（Buon appetito）！"女子将冰激凌递给我，用意大利语讲，祝您用餐愉快。

"那是，相当地道！"我对女子报以蔚为真诚的笑容。

绿色的冰激凌球是开心果口味——那个单词想必是开心果的意大利语发音——味道果然不坏。我们一行五人，坐在棕榈树下多少有些吝啬的狭小树荫之中，吃着各自的冰激凌，等待下一班船只。

"我呀，顶爱吃冰激凌了！"S女士边吃边说道，"到了哪里都要尝尝不同口味。"

"今天吃的是什么口味？"我搭话。

"朗姆酒？香草味里混着朗姆酒吧。"

前往欧洲的飞机上，中途曾经提供过冰激凌来着。说来遗憾，S女士正在埋头大睡，因而错过了在高空品尝冰激凌的时机。说是客舱服务，实则无非是最小号包装的冰激凌罢了，口味也仅有香草与巧克力两种可供挑选——作为冰激凌而言，皆是常规口味。

"即便是常规口味，也还是觉得遗憾呀！"S女士设想着飞机飞越西伯利亚的苍茫寂地时，窗外一片暗岑岑的落寞感，唯有机舱里甜滋滋的冰激凌，恍若反抗周遭压抑与寂寥的一点点火种。那样品味冰激凌，想必妙不可言。"跟你说，纵然都是香草味儿，这里的香草和那里的香草，味道是不同的哟。"

"嚯！不愧是冰激凌资深爱好者！"我由衷地赞叹，"我是尝不出来呀。"

归根结底，我对香草口味压根儿喜欢不来。说厌恶也并非厌恶，反正不甚喜欢。倘使有其他口味可供选择，我是不至于选什么香草。非只冰激凌，香草口味的奶昔也让人头疼。一来觉得太过甜腻，二来总觉得那里头，混有某种说不清楚的气息，如同滑溜溜的鳝鱼一般，自口腔经过舌根，钻进鼻腔，像是被什么轻轻搔痒。想要将之抓住，却又无从下手。"喂喂，这就是香草独特的气味儿给人的感觉不成？"我曾就此请教过美食专家来着，对方满脸困惑，想了一阵子，反问道："哪里有鳝鱼？不清楚呀！"

然而鳝鱼也罢，海鳗也罢，纵使我在品尝香草口味冰激凌的时候，脑袋里头蹦出软塌塌的涡虫，也并不影响全世界存在数亿之多（或许更多）的香草拥护者。"香草呀，当初有个奴隶发明了授粉方法。知道这个？"同行人中的吴君，也加入了谈话之列，反正傻乎乎地等在那里也无事可做，"靠这个奴隶发明的法子，种植香草才成了产业。"

"大致记得，有这么一回事呀。"S女士点头应和。

在十九世纪的留尼汪岛，注定要经历波折人生的黑奴埃德蒙，此际仅是一位十二岁的少年。香草——作为植物，更为正式的名字应当叫作香荚兰，但反正人们皆以香草称之——自墨西哥被引至留尼汪岛与毛里求斯，倘使建起香草农场，势必能够大赚一笔。然而不成。不知何故，在墨西哥的野生香草能够顺利结果，而来到留尼汪岛，花倒是开了，果子却结不出来。以之制作香料，又偏偏需要细长的果荚。

"没有虫子呀！"植物学家说道，"喏，仅仅把香草栽种在异国他乡是不成的。没有传粉的虫子，结哪门子果呢！"如此一来，香草园眼看就要关门大吉。纵然有学者研究出了为香草人工授粉的法子，但委实繁琐过头。"这可不成！如此折腾一番，花的钱呀，时间呀，这个那个核算下来，足够买上一盒子香草果荚了。"农场主大摇其头。需要更为便捷的方法，而并非在实验室里不计成本的研究成果。

十二岁的埃德蒙——出于何种原因揣度不出——跑去看过一场西瓜人工授粉的教学。自然是悄悄旁听，并不至于有谁写下散发出大马士革玫瑰精油香气的请柬，邀请黑奴小孩子去参加授粉课程。

　　　　　　　　花　与　鸭　嘴　兽

至多只是未曾将他赶走罢了。"这个是雄花，这个是雌花，喏，喏，只消捅一捅就万事大吉了！能明白？"埃德蒙将此牢记于心，而后就跑去香草花上摆弄起来。

哪有什么雌花和雄花呢！西瓜和香草毕竟不同，埃德蒙以无畏的懵懂少年探究世界本源般的坚韧与执着，将香草花朵之中大凡能够彼此触碰的部位，统统尝试了一番。"唔唔，这里够不着呀，"少年一边苦恼着，一边独自思索对策，"用草棍儿捅一捅可好？"于是少年折断身边杂草的枝茎，忙活起来。

那中间是否受到神启不得而知。反正经由埃德蒙捅过的香草花，竟然真个有两朵结了果实——此刻农场主尚且一无所知。总之关于香草授粉少年何以获得成功，直至如今，世人依旧搞不清楚其中的详情。待到人们恍然大悟时，埃德蒙已将授粉的手法告知了农场主，继而这一方法在整个留尼汪岛蔓延开去。

"如此说来，"听罢埃德蒙的故事，S女士赞叹道，"每次吃到香草冰激凌，都会想要向他表示感谢呢！"

"故事还有后一半，可并没有什么好事发生哟。"吴君不无感慨地讲道，"由于特殊贡献，埃德蒙总算摆脱了奴隶的身份。然而好景不长，他被抓起来了，关在监牢里头，说是因为偷窃珠宝。后来好歹获释，还是托了发现香草授粉方法的福，可谓法外开恩。但香草反正并没有给他带来更多的恩惠，到头来落得个穷困到死。如此一来，谁还相信什么励志故事呢！"

"毕竟这才是现实呀！"我也随声附和。

勇士将公主自凶巴巴的恶龙手里头救了出来，故事到此为止。喂喂，他们两个真的结婚了不成？勇士能够忍受得了宫廷里头毫无意义可言的麻烦礼节？公主会不会嫌弃他太过粗鲁、不会吟诵短诗、身上带着没完没了的狐臭味儿？他们可有小孩子？小孩子是作为贵族长大，还是跟随勇士练习武艺？有没有野心家将勇士陷害，投入地牢，将公主和王国霸占？王国里的贵族可有谋反的心思？可有人号召民众废除王权？——甚至连君主立宪制都不屑一顾。

读者并无兴致一一过问，但勇士也好公主也好黑奴少年也好，却不得不面对严酷现实与史诗终结之后的人生。

"唔，我倒是有另一个疑问呀。"

或许由于思索埃德蒙的境遇之故，众人无不沉默下来，暖烘烘的意大利式夏日热浪之中，混杂有海鸥的懒洋洋的鸣叫。换个话题好了！打定主意，我开口问道："我呀，从小就搞不清楚，到底应该是冰激凌，还是冰淇淋呢？"

在北京的小孩子自始至终一直称之为冰激凌。直到有一天在书上看到"冰淇淋"三个字，我还笑话了半天。哪来的什么"冰淇淋"？可有"火麒麟"吗？岂料跑去找老师一问，这写法竟然正确无误。莫不是写法和读法不同？怀着此等疑惑，我度过了未成年岁月。读大学时，遇见来自全国各地的学生，真个有人顺顺当当念出"冰淇淋"三个字，让我惊讶了好一阵子。

第一次跑去台湾岛，也见识了"霜淇淋"——不至于甜腻过头，在夏日里吃上一支，解渴效果更为显著。问了本地的朋友，说是乳脂含量不同。"冰淇淋含乳脂更多一些啦，霜淇淋没有那么多。这样子。"还吃到了竹炭口味，看上去黑乎乎的。若说滋味有何不同，嗳，倒也并无特殊之处，只是香草味儿混以打碎的极其细小的冰晶颗粒罢了。

"我有不少朋友都是说'冰淇淋'哟！"S女士以资深人士的身份发言道，"不过，怎么说都无所谓吧，反正都是同一个东西。"那是，土豆也罢，马铃薯也罢，洋芋也罢，山药蛋也罢，反正都是相同的玩意儿。

关于冰激凌的话题，延续到当天晚饭之后。S女士问道："可有谁想去超市吗？我想再去买个冰激凌呀。"我因突如其来的事务，无论如何抽不开身，只得遗憾地留在了宾馆里头。岂料过不多时，与 S 女士一同前往的吴君发来消息，说道："哎呀，这下子麻烦了。"

"可需要帮忙？"

"怕是帮不上忙呀。"

如此一说，反而更加令人不安起来。详细一问才知道，两人想要购买酸奶，混在冰激凌里头食用——不愧为资深冰激凌赏鉴人士——然而买来的"酸奶"，打开盖子一尝，才知道并非酸奶，而是用于烹饪的酸奶油。混在冰激凌里头，滋味变得莫名其妙。

"混了酸奶油的冰激凌，若是不吃，就化掉了呀。"吴君感叹道。

"唯独这个，果然帮不上忙。"我也只得叹息一声。毕竟超市里头的标签，都是用意大利语写成，买错也情有可原。同行人中也并没有哪位是深藏不露的酸奶油爱好者。

以植物的正式名称而论，香草还是称作香荚兰更为妥当。此乃生长于中美洲地区的野生兰花——是名副其实的兰花哟——花开过

花 与 鸭 嘴 兽

后，果荚渐渐伸长，采摘下来晒干，即可作为食用香草的原材料。说来甚是轻巧，然而真个亲手操作一番，则难免苦不堪言。直至如今，埃德蒙想出的人工授粉法，依然为香荚兰农场所采用（倒是在细节上几经改进），采摘果荚也需人工进行。

作为植物而言，香荚兰势必心怀不满。喂喂，我那果子可是要留着产生种子的呀，竟敢给我摘了，你们这群人类，统统都是坏家伙！哪能坐以待毙呢，总要有些反击的法子——香荚兰的枝茎，特别是枝茎上流出来的液体，倘使碰到人类皮肤，便会引起严重的皮炎。然而授粉也罢，采摘也罢，势必碰来碰去。躲是躲不开，天气又热得让人没办法把全身包裹严实。这么着，皮炎成了香荚兰农场的职业病。固然香草以独特的气味风靡全球，但那里头无不饱含了香荚兰农场工人的哀痛。如此想来，下次吃到香草口味的冰激凌，可要吃个干净，一口也不剩呀。毕竟来之不易。

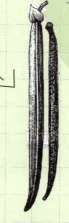

17cm

↑ 香荚兰的干燥果实
在某些香料店有售

香荚兰的果实未成熟时，是绿色条状的

香荚兰的花，
像是黄绿色的喇叭

植物小贴士

香荚兰
Vanilla planifolia

这是一种原产于中美洲的兰花，但很少有人把它当作观赏花卉。它的果荚是食用"香草"的原料。

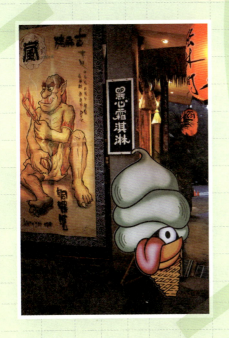

在台湾见到的霜淇淋

在瑞士洛迦诺码头享用的冰激凌，
五个人选了五种口味

"我嘛，很荣幸能和各位成为朋友呢！"

开口说话的女子，声音带有软绵绵的甜味，如同巧克力外壳甜得过头的面包圈，那声音听到耳朵里头，便即令人想要咕噜咕噜一口气喝下去五百毫升饮用水，而后深深吸气，吐气，再度吸气。如此呼吸上好一阵子，才得以将黏在心里头的惹人不快的甜腻感彻底消除。然而不成，女子接连不断地讲个不停，任凭怎样挣扎也无济于事。

我以不无疑惑的眼光看向女子。此人长了一张蔚为周正的圆嘟嘟的脸孔，五官小巧，额前的发帘齐刷刷地剪成斑马线般的模样，短发及肩，脖颈白皙而短小。面庞也显现出苍白色，不知是刻意化妆之故，还是旅途疲倦所致，总之那不匀称的苍白感，令人想起水果店内泛起白霜的西梅。

然而我到底没弄清楚，西梅女士——姑且称之——究竟何以与我们同行。旅行是在北美洲，同行者无不与动物学啦、植物学啦、生态学啦有所关联，或多或少，唯有此人显得有些格格不入。说是财经类的资深撰稿人，然而夸夸其谈的话题仅有美食而已。——"美国的中餐哟，比起加拿大来，真可谓一钱不值。""快餐店里的汉堡，才是营养均衡的首选呢，没想到吧？""我可是带了各种维生素哟，尽管找我来咨询嘛。"岂料在网络上查看此人的社交平台，财经也罢，美食也罢，关于维生素的科学简史也罢，这个那个统统不见，发布的都是关于宠物的话题。不不，仅有猫和狗而已，其他宠物概不涉及。

"猫和狗也算是动物呀！我和各位会有好多共同话题哟！"

无法选择同行者的旅途，归根结底会变得相当辛苦呢。我在心里暗自思度。汽车行驶于美国中部荒原，硬邦邦的丘陵上，稀稀拉拉地覆盖以不无敷衍的深绿色草丛，河流自丘陵之间切割出深邃的缝隙，河水是阴沉的深蓝色，宁静而冷漠。远处的铁路上，冗长的油罐火车披以墨色外壳，仿佛迁徙的蚂蚁大军一般，彼此接连而过。距离目的地还有好一阵子，我将自己陷入座位之中，迎接沉甸甸的睡意。

"你们看哟！"

即将睡去之时，西梅女士甜滋滋的声音钻进了我的耳朵里。睡是睡不成了，然而我也并不想要搭话，只是眯起眼睛来，打量车子里的其他人。时差公平地为每一个人都带来了沉重的倦意，唯独西

花 与 鸭 嘴 兽

梅女士举起手机，大呼小叫起来。

"这个人家里的狗，刚刚生了小狗崽哟！"

西梅女士不容分说，将手机屏幕逐一递到每个人面前。躲是躲不开，我也只得看了一下子。对方是什么人全然不晓得，只看到狗的照片，以及对方发过来的消息。"终于生下来了！放心啦！"隔着屏幕，大约能够猜得出对方的心情。

"现在几点来着？"忽而有人问了一声。手机左上角的时钟，标注着凌晨三点四十分，中国正值深夜，凌晨三点四十分。

"她家的狗狗，生了好几个小时，才终于生下了小狗崽呢！"西梅女士解释道，"一直在跟我说，啊呀，要生啦，怎么还没生出来呀。啰啰嗦嗦，说了好一阵子。你家的狗生就生嘛，跟我说哪门子呢！有什么可开心的，这个！"

因着语气与情绪的转换太过自然，毫无破绽，车子里的人无不陷入沉默。究竟前一刻硬是要把手机屏幕塞到每个人面前的西梅女士，是更为真实的西梅女士，还是此刻一脸不屑的西梅女士，才是此人原本的样子，谁也把握不好。沉默继而像是黑死病一般蔓延开去，一分钟，又一分钟，过去了好一阵子，依旧无人开口。

"就生个狗嘛，大呼小叫的。"西梅女士好歹发出了声，边说边将手机装进了随身的手提包里头，"这个人哪，跟我一直说个没完。你们瞧，是不是烦死人。"

我看向自己的手机屏幕。中国此刻已是凌晨三点四十八分。社交平台上，西梅女士发布的最新动态，是在恭喜什么人家的狗，终于顺利生出了小狗崽。

此后的行程果然不出所料，一行人各自想着各自的心事，仅用最低限度的言语和热情彼此交流。不仅仅是与西梅女士，而是与同行的其他所有人。去了好几个国家公园，参观了科研基地，大树看了，野花也看了，熊也罢，马鹿也罢，鲸和海狮也见了，然而总觉得哪里莫名其妙。

西梅女士后来又说过什么来着？自行程结束那一刻起，我便将这个那个忘得一干二净。记得的唯有凌晨出生的小狗崽。狗崽的主人在社交平台上头，对西梅女士感谢了一番，更多我所不能了解的追随者，亦为西梅女士献上了赞美之辞。倘使并不知晓在美国中部行进的车子里，西梅女士说出的那些话语，那该有多好呢？世界想必依旧完整而温馨。

"究竟哪里出了岔子？"凌晨三点四十分降生的小狗崽，向狗

　　　　　　花　与　鸭　嘴　兽

妈妈问道，"明明看上去美滋滋的蔷薇花丛，我刚刚扑上去，就被扎得嗷嗷叫了起来。蔷薇花不喜欢我吗？不喜欢我，又何苦在我面前开花呢？"

"你呀，真是个傻孩子。"狗妈妈轻声答道，"那花是为你开的，又不是为你开的呢。"

"不明白呀！"小狗崽一脸迷惑。

"那是，不明白才对嘛。喏，在空地上跳来跳去的喜鹊，你可扑过？跟你说，喜鹊也会冲过来攻击狗！恶狠狠地啄你的脑袋，啄你的眼睛，啄你的软乎乎的小耳朵，啄你的鼻子。狗嘛，明白那么多事，可是要烦恼不已哟。"

小狗崽当然还是不明白。自降生那一刻起，闹不明白的事物多如雨后森林里的毒蘑菇，从前它们就在那里，此后它们也注定还在那里。冒出来的时间或早或晚，但反正都是毒蘑菇。

花园里的植物，也同样让人闹不明白。开花灿烂却身怀剧毒者有之，枝繁叶茂却始终拒绝开花者有之，茁壮生长却忽而在一夜死得彻彻底底者有之。我在欧洲的一座小花园里头，见了一丛茁壮的加拿大一枝黄花，金灿灿的小花配以直挺的枝条，站立在墙角，很是恰到好处的模样。

"这个花，不至于蔓延到各地吗？"

"会不会呢？"被我这么一问，作为专业讲解的本地向导陷入沉思，"不清楚呀。一百年前不会，五十年前也不会，之后会不会呢？"

然而在中国——又不仅仅是中国——加拿大一枝黄花可是相当厉害。作为花卉栽种，继而自顾自地蔓延开去，初秋跑去华东地区一看，村子路边都是开着金色花朵的加拿大一枝黄花。植株高挑而茂密，全然不留情面地抢占地盘，其他野花野草根本无处栖身。放眼望去，所见的仅此而已。

毕竟是光鲜亮丽的植物来着，不然也不至于当作花卉栽种。然而蔓延开去的加拿大一枝黄花，却成了秋日里令人头疼不已的过敏原。散播花粉，引起鼻炎等呼吸道过敏反应。待到想要清除时，早就为时已晚。纵使花了一番力气，将城市里的加拿大一枝黄花好歹清理干净，郊外却终究力不能及。这么着，引自美洲的花卉摇身一变，成了亚洲的恶性杂草。

"人类也真是莫名其妙呀！"小狗崽向狗妈妈抱怨道，"把这个黄嘟嘟的草，弄得到处都是。吃又不能吃下肚，靠近过去就觉得皮呀毛呀的痒起来，痒得不行。哪个人类干的好事，真想把他关在门外头！"

我在脑袋里头，再度想象着凌晨诞生的小狗崽，想着它会如何看待加拿大一枝黄花。狗会不会花粉过敏？小狗崽是否知晓诞生之时曾被人恶语相向？一枝黄花又是否在意人类或者小狗崽的偏见？想不明白呀！我和假想中的狗妈妈，一同陷入长久的沉思。

——————————

加拿大一枝黄花是否在加拿大本土也是恣意妄为的植物呢？我是很想去现场参观一番。据说并不至于，在本土大致可谓安分守己。植物也好，人也好，这样的情形时有发生。但反正入侵到其他地方的加拿大一枝黄花，简直令人头疼不已。非只我国，在日本的铁路沿线，秋日里也有此物，成片地绽放金色花朵，除是除不干净，只得忍气吞声地与之共存。

实则以形态、颜色、耐久度而言，将加拿大一枝黄花栽种在花园里观赏，抑或剪下当作鲜切花贩售，都是不坏的选择。惹人厌恶的一是花粉，二是反客为主的习性。如今在花园里，看起来几乎与加拿大一枝黄花相同的花卉，乃是杂交物种，亦即杂种一枝黄花。

经了园艺学家一番苦心，杂交种类不至于呼啦啦地散播花粉了，也不结果子，于是不会四下安家。

这么着，城市中的花园啦，绿地啦，路边的花池里啦，统统换成了杂种一枝黄花。真正惹出麻烦的加拿大一枝黄花反而难得一见，想要一睹真容，只得跑到郊外去。尚未（而且难以）被除掉的加拿大一枝黄花，依然气势汹汹地屹立在小路两侧。

在北美遇见的
加拿大一枝黄花

每"一朵"小黄花其实是
一个花序

北京时间凌晨三点四十分，
我们乘车行驶于美国中部

植物小贴士

加拿大
一枝黄花
Solidago canadensis

原本生于北美的加拿大一枝黄花，既是曾经受人喜爱的观赏花卉，又是如今让人头疼不已的外来入侵物种。果实随风飘飞，四下蔓延，花粉致人过敏，植株还会排挤其他植物，说麻烦也确然麻烦呀。

"哎，你可听说过'星空恐惧症'？"

问话的是摇光君。此人乃是天文学专业出身，亦热衷于搜集与天文相关的奇闻异事。"我呀，有一个同学来着，"其人言道，"中学同学，原本他是根本不怕什么星空的。那玩意儿，有什么可怕呢？然而有一天，他忽然知晓了宇宙原本的样子。"

"原本？"

"原本。尼安德特人诚然无从知晓，但如今我们只消读过书，大都应当明了：宇宙是个空间，地球悬于其中，我们看上去的星星，同样悬于其中。我那个同学嘛，就是知晓了星星并非简单的亮点儿，而是实实在在的星球，知晓了那些星球悬于太空，于是害怕起来，想着，倘若这些星球掉到地上，岂不糟糕透顶？"

"简直是现代版的杞人忧天呀！"

"是啊，来了个彻彻底底的杞人忧天。此后只要抬头看到星星，就想象着它们掉下来的情形，这么着，变得害怕星空。害怕得不行，看上一眼就要难受好一阵子。"

对于星球坠落的担忧，我思索许久，终究理解不来。一如漂荡在太平洋中随波逐流的僧帽水母，无从理解席卷全球的次贷危机。然而若说星空有何令人恐惧之处，确然还是有的。我自己便真真切切地体验过一番。

约摸十年之前，我曾经跟随考察队前往西藏，在雅鲁藏布大峡谷里头做动植物及生态调查。抵达时我有一点发烧——倘若安全起见，原本不应当前往的，然而机会难得，说什么都想去，况且自认为年轻，不至于出什么岔子——第二天又是一整天的徒步登山。从清晨开始就下着冷冰冰的细雨，纵使穿了雨衣，寒意仍旧如狡猾的泥鳅一般，沿着衣裤的缝隙钻进来。

自海拔三千余米的高度开始登山，抵达海拔四千五百米的山口，继而下降至海拔四千二百米的露营地。行走了将近十个小时。除却牛肉干和凉滋滋的饮用水，我几乎没吃任何食物。活脱脱的人间酷刑。好歹抵达营地时，我的脑袋里头只剩下些许意识的碎片，钻进帐篷之中，就再难以动弹一下。

"莫不是高原反应？"领队也罢，其他队员也罢，或多或少担心起来。然而我只觉得全身冰冷，一如饮酒过量大吐特吐一番之后的冰冷感。是不是发烧不得而知，被人在嘴里塞了什么药片，继而便昏睡过去。睡到翌日中午，起身吃了食物，在巨石上晒太阳。如此一来，觉得大约死不成了。还不是死掉的时候。

岂料恐怖之事在当日深夜袭来。

营地位于山坳之间，比邻一汪高山湖，四周环绕以雪山。因着开始进食饮水，夜间我忽而醒来，觉得应当前去小便。说是营地，实则无非是若干单人帐篷，加之必需物资和炉灶罢了。任凭哪里也没有卫生间模样的玩意儿。我戴上头灯，穿好胖嘟嘟的防寒外衣，钻出帐篷来，依照白天的记忆，走到营地边缘的灌木丛处。至此一切安然平静。

然而小便时，无意之间我抬起了头。眼前是黑魆魆的雪山的剪影，以及深邃如马里亚纳海沟般的极为厚重的蓝色天空。并非纯粹的黑色，一眼即能看出，那是无限接近于黑色的深蓝。在这不吉祥的无限接近于黑的深蓝色的天空上，布满了闪亮的群星。

我曾见过许多次星空。山间也罢，海滨也罢，远离城市和光污染的星空，见过许多次。连同天文馆里头利用外形如同巨型哑铃般的机器模拟出来的星空，也可谓相当熟稔。然而没有哪一次所见的星空，与此刻眼前的星空相同。

四周一片岑寂。不不，原本应当有流水声，有恣意的风声，有我自己的喘息声和小便声。但我什么也听不到。所能感受到的唯有岑寂本身。雪山的暗影之上，不吉祥的深蓝色背景下，那无比璀璨的星空，此刻正如满怀恶意的魔兽，轻易将我的喉咙紧紧抓住。我体味着紧迫的窒息感，觉得那星空即将向我迎面扑来。

鼻尖泛起冷汗。明明气温接近零度，然而汗水还是不争气地钻出皮肤。我想要将眼睛闭上，不再看头顶的恐惧之物。然而不成。眼睛无论如何也无法关闭，想必某个开关在哪里卡死了。"喂喂，记住这一切吧，用你的眼，你的呼吸，你的身体和一切！"星空仿佛对我说道。我根本无力抗拒。

怎么返回帐篷的不清楚。得以顺畅呼吸的时候，我已然在帐篷里了。贴身的衣物早已湿透，胸口仿佛射击竞赛的赛场，无规律地砰砰响个不停。眼睛依然闭不上，瞪着黑洞洞的帐篷顶，觉得那里就算映出群星的光辉也不足为奇。

"莫不是太空旷了？"听罢我的讲述，摇光君问我道，"自己一个人看星空，有时候会这样呀。你是自己一个人来着吧？"

"那是！又不是小孩子了，夜里头上厕所还要人陪着不成？"

"也许和'广场恐惧症'相似呀。总之太空旷了可不好受。"

说是敬畏自然也罢，心理脆弱也罢，任凭别人说什么都好，总之那种恐怖感，切实地刻在我的记忆里头。若拿"广场恐惧症"类比，倒也不无道理。反正空空荡荡只剩下自己一个人，难免心怀不安。哪里也接触不到边界，哪里也不可能有人伸出援手。唯独自己被孤零零地抛弃在广阔苍穹之下。唔，那滋味，我可是不想再来一遍了，从今往后再也不想遇到第二回。

故而栽种姬小菊时，我十分理解它们的境遇。买回来时只是孱弱的一小株，我便将它栽种在小花盆里，过了一阵子，植株茂盛起来，花也开了。"花盆太小了嘛，这样可没办法茁壮成长哟！"这么想着，我将姬小菊移至大花盆中。

自从换了花盆，那株植物反而不知所措起来。枝叶失却活力，花也不再开，总之像是被锋利的切纸刀，咔嚓一下子将写有成长记录的健康卡切断了。断口齐刷刷的，连一丁点毛刺也未留下。那之后任凭我怎样耐心呵护，姬小菊也唯有落得日渐凋零而已。

"莫非花盆太大了？"在姬小菊近乎达到生死界限的前夕，我忽而冒出这么一个想法来。彼时正在看绣球花的养护资料，说是绣球花在换盆时，不得更换太大的花盆，只消略大一些即可。根系倘若没有花盆外壁支撑，反而局促不安，继而就会耍起性子来。思前想后，姬小菊约略也是如此——更换的花盆太过空旷，于是它也由此迷失自我了吧。

实则非只花盆，连床上的被子也同样适用。

有一次我因工作之故，前往海南岛出差，恰好受到了超豪华待遇——接待方弄错了身份也未可知——独自一个人住在宽大得过了头的房间，硕大的落地窗外即是私家海滩美景，屋子里的摆设全然没有一丝奢靡而土气的味道，无不精巧雅致，使用起来颇为顺手。宽大的商务办公桌上，摆放着热带水果和精油般香气绵长的月季花。床也大得足够睡下四只瓦莱黑鼻绵羊。服务生已撤下床罩，铺好被子。被子轻飘飘的，宛如阿拉丁的飞毯，我在被子里头伸展开手臂，哪一边也触摸不到被子的边缘。脚也伸不出去，整个身体仿佛陷进了云团之中。

然而闭上眼待了好一阵子，我却无论如何难以入睡。缺乏入睡的实感。被子诚然暖烘烘的，但毫无重量这一点多少带来了失衡感。归根结底，我还是喜爱厚墩墩压在身上的那种棉被所给予的现实性。经由被子的重量，确认自身的存在；经由被子包裹身体的触感，确认自身处于切实的空间之中。

这么着，我把宽大而轻薄的被子拉扯过来，堆积成团状，将自身包裹得如同正在结茧的大蚕蛾幼虫一般。现实性的触感好歹找了回来，我得以进入不深邃的安眠。

———————————

说是姬小菊，其正式名称应当叫作"细叶鹅河菊"来着。起初在花卉市场出售时，被冠以姬小菊之名。比起冗长的细叶鹅河菊，到底还是姬小菊通顺得多，故而就这么一直叫了下来。

我是很喜爱姬小菊的模样。深秋时分，在室内栽种了一小盆，整个冬季总是断断续续地开花。不太多，却并未中断，时常生出新花。等到春日，搬至室外，因着换了大盆，反而长势堪忧。最终虽好歹活了过来，却总是病恹恹的模样。这当然是我操作不当所致，怪不得姬小菊本身。

花开过后，也结果子，与蒲公英或向日葵不同——虽然归属于同一个庞大的家族——果实既无白毛，亦无硬壳，而是细小的木屑状。果子掉落之后，忘了什么时候，忽而发现花盆里的姬小菊已凭空消失不见。在那之后，我是和不少种花的朋友说起："喂喂，姬小菊呀，花盆可不能太大哟！"仅是个人的经验之谈罢了，并未经过科学实验的证实。今年秋季再栽种一盆如何呢？心里想着，于是开始期盼秋季来临。

春日里开放的姬小菊

根要挤满小花盆才好

海拔4200米的山间露营地

植物小贴士

姬小菊
Brachyscome graminea

姬小菊大约称作细叶鹅河菊或者狭叶鹅河菊更准确些。近来倒是有人主张：就叫姬小菊吧，因为这东西并非原生的某个鹅河物种，而是园艺品种呀。姑且尚无定论，但反正紫色花朵很是惹人喜爱。

在悉尼达令港旁边一家小小的动物园里，阴暗逼仄的房间里头，我第一次见到了活的鸭嘴兽。游客们大都匆匆而过，偶尔有人瞥一眼过来，露出"什么呀，那个"或与之相似的神情。唯独我俯下身来，凝视硕大玻璃缸彼侧的动物。

何以如此全神贯注地来看鸭嘴兽呢？

这毕竟是一种极具传奇色彩的动物呀！作为哺乳类，却要靠生蛋来繁殖，若是可以请鸭嘴兽君重新选择一番的话，大约它也会大摇其头。"得了吧，何苦生蛋什么的！"然而无从挑选，也抱怨不得。这么着，在生物学（或进化生物学）爱好者的眼中，鸭嘴兽成了某种符号。

传奇故事也有。说是在十九世纪中期，恩格斯——彼时还是性情粗犷的热血青年——听说了鸭嘴兽的事，彻彻底底嗤之以鼻。"哺乳动物怎么会生蛋呢？笑话啊！"然而后来他终于知晓，世间确然有鸭嘴兽这样一种存在，于是真诚地道了歉。说是道歉，也不至于跑去向每一只鸭嘴兽低头说："不好意思，年轻的时候笑话你来着，是我见识浅陋，请原谅。"不不，也没有当面向鸭嘴兽选举出的代表去致歉，或是在鸭嘴兽日报上刊登声明。但反正恩格斯为了鸭嘴兽而道歉，成了尽人皆知的美谈。

这倒怪不得恩格斯。鸭嘴兽的标本自澳洲带去欧洲时，还有人笃定地说，这想必是谁的恶作剧，将鸭子的扁嘟嘟的大嘴镶嵌在未知兽类的脑袋上了！人们对于超乎认知的事物，往往展现出奇妙的抗拒。未曾见过之物，超乎预料之事，与自身的理解——哪怕那理解力仅仅比得上西瓜虫而已——不能相符时，人们便焦躁起来，依靠愤怒和咒骂掩饰自身莫可名状的不安。如此说来，恩格斯真个值得赞赏。

总之我是想要专门看看这种传奇动物。鸭嘴兽具有夜行性特质，故而房间弄得蔚为昏暗。鸭嘴兽在硕大的玻璃缸里，自顾自地游来游去。然而并非人人都能知晓鸭嘴兽的与众不同之处，于是游客们大都弃之不顾，仅仅瞥视一眼，便匆匆离去。不知是幸还是不幸，鸭嘴兽的模样也有些惨不忍睹，乏人问津也不能全部怪罪于他人。相比之下，熊猫才是兽生赢家——长相可爱，又是濒危物种，在世界各地都受人追捧。

一如寻常游客根本不在乎阴暗逼仄的房间里，饲养的是鸭嘴兽还是环毛蚓，对于长相毫无特色的植物，纵然极度稀有，人们也全然不屑一顾。"就这么个小玩意儿？什么呀！"因而无论在哪个国家，哪座城市，大片的郁金香花海都会吸引无数游人，樱花啦，薰衣草啦，向日葵啦，只消成片开放，便能吸引游客前往。

我曾与一家植物园的工作人员私下里闲聊来着。"郁金香呀，每年都要买上好几车！若是在春天，郁金香开花那儿天出了岔子，非但游客不乐意，就连上面的主管部门也要怪罪。不好办呀，简直成了伺候郁金香的花保姆。"

若是珍稀濒危的植物，看上去似模似样，终归还能博得些许同情与关注。西藏林芝的大花黄牡丹——说来竟比大熊猫的濒危等级更高——好歹能够开出硕大的花朵，纵然非专业人士看了，也会点头称赞。"唔，这个嘛，要保护一下还是可以的，毕竟挺好看呀。"若是轮到其貌不扬的种类，则只能沦为植物里的鸭嘴兽。

我曾专门跑去台北市以北的阳明山，寻找特有的濒危植物台湾水韭。拍了照片，果不其然，有人回复道，"什么呀，这个"。身在台北的自然保育组织也遇到相同的困境，任凭他们如何解释，民众也无从理解台湾水韭的特殊性与重要性，能够理解的只是为了保护水韭,湖畔的居民要迁移至别处,为此而大费周章,惹出许多不快。"你要是和谁有仇哟,"民间似乎这么流传来着,"就在他家的房顶上,栽上几棵台湾水韭。第二天再汇报给保育机构,喏,这个房子不要动,这里是水韭的栖息地,房子里面的人统统搬走,要保护濒危植物!"

说笑自然是说笑,但其中嘲讽的语气,到底让从事保育工作人员沮丧不已。

看罢鸭嘴兽,我离开动物园,隔着悉尼歌剧院眺望对岸的植物园。恰能望见悉尼植物园一角。那里是澳洲特有植物区域,栽种的无不是些其他地方难得一见的种类。我在那片山坡足足花掉了三个小时,仍旧觉得意犹未尽。然而更多的游客,澳大利亚本地游客也罢,外来游客也罢,并不至于纷纷低头注目那些莫名其妙的花草。纵使悉尼植物园里并无郁金香花田(有没有不得而知),也总有其他类似的替代品,例如可以躺下来晒太阳和野餐的清爽大草坪,或者花哨过头的冰岛罂粟花池。

"郁金香也没有做错什么吧。"我在心里头说,"郁金香和鸭嘴兽,到底哪一个更委屈呢?"

花 与 鸭 嘴 兽

台湾水韭仅生长在台北市北部的阳明山梦幻湖，濒危等级属于"极危"，是比熊猫更为濒危的物种。虽然名叫"水韭"，其实仅是长相与韭菜相似罢了，自身属于蕨类植物，不会开花，观赏性自然无从谈起。

　　梦幻湖的风景还算美妙，只是为了保护台湾水韭，除非从事相关课题的研究人员，余者任凭你是什么官员也罢，教授也罢，统统禁止跳下观景台，靠近水边。"这么说，想要近距离拍摄台湾水韭的照片，是彻底没法子了？""其实嘛，在很早很早的清晨跑过去，趁着工作人员还未上班，跳下去拍照也未尝不可，只是不大地道。"

　　如此说来，澳大利亚也有观赏野生鸭嘴兽的地点。说是清晨或者黄昏——很早的清晨，抑或很晚的黄昏——才有可能见得到鸭嘴兽出没。也罢，台湾水韭和鸭嘴兽，想要仔细观看一番，都有时间上的限定呢。当然最终我也不曾跳下梦幻湖畔。

台湾水韭植株

阳明山梦幻湖的
台湾水韭群落

植物小贴士

台湾水韭
Isoetes taiwanensis

名字叫"韭"，实际上并非韭菜，而是一种蕨类植物。由于台湾水韭是珍稀植物，所以游客们只能观望，无法靠近。幸而在阳明山梦幻湖，台湾水韭着实不少，在台北植物园等地的引种也获得了成功。

在悉尼购买的鸭嘴兽摆件（圣诞款）

悉尼达令港（对岸是观看鸭嘴兽的动物园）

世界各地遇见的鸭嘴兽

📍 伯尔尼

自然历史博物馆（标本）

📍 伯尔尼

自然历史博物馆（另一个标本）

📍 悉尼

澳大利亚博物馆（标本）

伦敦

自然历史博物馆（标本）

东京

日本国立科学博物馆（标本）

北京

艺术展中见到的鸭嘴兽造型木雕

后 记

　　"这样的书，果真有人愿意去读吗？"我不禁暗自思度。

　　起初并未想过集结成书。书也罢，宣传册也罢，超市的打折商品优惠单也罢，概未想过。起初只是想要记录一些细碎的事件，以及由此而生的心绪。在瑞士的一座名叫洛伊克巴德的小镇子里，我下定决心：就把旅途之中遇见的人，遇见的事，随手记录下来吧。于是我在手机里头，胡乱建立了一个文档，写下了简略的片段。或是词汇，或是短语，或是毫无章法的句子——纵使拿去给语文老师当作病句分析的案例，都不够格，实在是病入膏肓的病句。

　　在我的房间隔壁，亦即阿尔卑斯山的小镇上，可以眺望雪山与森林的房间隔壁，同行的友人之中，有位货真价实的作家。当我目睹此人无倦无休地每天清晨早早起来，将前一日随手记录下的片段整理妥当，书写成值得存留的文字，我才约略明了，何以其人能够成为受人喜爱的作者。"喂喂，你自己不也在心里生出许多黏糊糊的想法的吗？"我对自己说道，"在旅途的间歇，将那些想法姑且收集起来如何？"

这么着，自2019年开始，我将手机之中记下的片段整理一番，渐次写下了数篇短文。多年以来，我大都在写科普文，出版科普书籍，然而这一次，我却并非想写科普，而是想要记录与表达——更主观，更感性，更加絮絮叨叨，也更加无拘无束。于是写下的文字可谓不伦不类，算不得科普，也算不得旅行笔记。因着无人约稿，也未想着出版，故而就这么随意地写了下来。起初只写旅途中的见闻，写自己因此而生的心思，而后也写到生活中的日常情境，写到侍弄花草的遭遇，写了久远的回忆，写了听来的故事。

写的文字，请妻画了配图，贴在网络上。阅读量并不值得夸耀，或可谓之惨不忍睹，但好歹一直坚持写了下来。梳理自己的经历，也梳理由此而生的心情，这就够了。何以最终竟而集结成书了呢？我自己至今也想不明白。

在疫情袭来之后的某个时刻，有人对我说，你写的那些文字呀，如今读来，让人觉得无比怀念。没有疫情之时，可以自由畅快地去往世界的大多地方，然而这样的自由畅快，却不得不咔嚓一下子，碎裂成了一堆破烂儿。大约由此之故，这些文字记录下的林林总总，才成了更为珍贵之物。"若能出书就好了，印刷成册，读起来想必能让人嗅到旅行时的别样味道。"

给人这么一说，我便试探着询问了一下子。一如刚刚进入大学校园的新生，跑去心仪的社团询问加入事宜般小心翼翼。"这样的书，果真有人愿意去读吗？"它并非示人以知识，又无跌宕起伏的情节可言，说到底，读者从这本书里，能够得到些什么呢？商务印书馆的余节弘先生说，可以拿来试试看呀。此后蒙余先生及张璇女士的不懈努力，这本书终将得以面市。

书中写到的旅程，大都有好友抑或家人的陪伴——我嘛，十分惧怕一个人独自旅行——然而要将他们与我共同经历的事，共同分享的心情，以这种方式展现给其他人，是否有失妥当，我也犹豫来着。幸而得到了他们的谅解。"没关系呀，写嘛！"因此我要由衷地感谢与我同行的亲友们。此外，也要郑重感谢瑞士国家旅游局的包西蒙先生、皇甫一宁女士，以及瑞士旅程中多位旅游局及交通系统相关人员；感谢余庆海先生、呼满红女士、余天一先生一家人在英国对我的收留与关照；感谢黄生先生、许再文先生在植物考察旅程中给予的指导与支持；感谢张辰亮先生为本书作序，承蒙谬赞，不胜惶恐。

因着文字写得太过任性，我是从一开始就做好了准备：任凭读者批评，纵使将这书骂个体无完肤也好，怎样也好，读者拥有那样的权利。然而倘使真个有人捧书在手，非但从头至尾读完，一直读到此处，依然觉得或多或少有些滋味，那么且容我再透露一点点内情吧——作为作者，原本是不应当透露的——书里面写到的所有的事，统统都不是真实的。若是想要对号入座，实无那样的座位号码可言。然而，这些故事又并非虚构，不是一个人坐在家里头喝着淡滋滋的柠檬水凭空编造出的。如此说来，这些文字算是什么呢？

　　反正那些心情，那些感悟，确然是我想要说出的话。只有这一点毋庸置疑。

天冬

2022 年夏夜，于十二步花园

图书在版编目(CIP)数据

花与鸭嘴兽/天冬,林雨飞著.—北京:商务印书馆,
2022

(自然感悟丛书)

ISBN 978-7-100-21675-3

Ⅰ.①花… Ⅱ.①天…②林… Ⅲ.①散文集—
中国—当代 Ⅳ.①I267

中国版本图书馆 CIP 数据核字(2022)第 168894 号

花与鸭嘴兽

天冬 林雨飞 著

商 务 印 书 馆 出 版
(北京王府井大街36号 邮政编码100710)
商 务 印 书 馆 发 行
北京雅昌艺术印刷有限公司印刷
ISBN 978-7-100-21675-3

2022年11月第1版 开本889×1194 1/32
2022年11月北京第1次印刷 印张 10½
定价:88.00 元